ROMANS CHOISIS
Cœur Dompté
par
Edouard Pinon
60 cent.
LE ROMAN COMPLET

Édouard PINON

CŒUR DOMPTÉ

PROLOGUE

C'était par une très belle fin de journée du mois d'avril.

La température était exceptionnellement douce, presque chaude. Le soleil s'était montré tout le jour presque aussi ardent qu'au mois de juin. En ce moment il descendait lentement dans les splendeurs du couchant, incendiant la Seine comme une coulée de lave, piquant des flammes dans les dentures de la tour Eiffel, projetant la gloire de ses rayons à travers l'énorme baie de l'Arc de Triomphe.

Insensible à ce magnifique spectacle qu'elle avait tout entier sous les yeux, une jeune femme traversa d'un pas automatique la place de la Concorde. Arrivée sur le pont, elle s'arrêta.

Le fleuve courait à sa droite et à sa gauche, en flots lumineux, en masses bouillonnantes. Il exerça sur elle une fascination rapide.

Brusquement, elle enjamba la balustrade et se précipita dans le fleuve.

— À cette heure, le trottoir du pont de la Concorde fourmille de passants, la chaussée ruisselle d'équipages.

Le saut tragique de la jeune fille avait eu nombre de spectateurs.

Un seul cri de terreur sortit à la fois de cinquante bouches et paralysa instantanément la circulation des piétons et des voitures. Sur toute la longueur du pont, la balustrade se couvrit, en une seconde, d'un millier de curieux.

Les têtes se penchaient, frémissantes, au-dessus de la rampe de pierre : les yeux hagards fouillaient le mouvant abîme.

Des voix crièrent :

— La voilà !..

En ce moment, un jeune homme qui passait avec un de ses amis, en voiture découverte, et dont le cheval s'était arrêté dans la masse immobilisée des autres véhicules, s'élança vivement sur le trottoir.

Il se fraya un passage à travers les personnes qui venaient de désigner la suicidée.

— Où la voyez-vous ? interrogea-t-il d'un ton résolu.

— Là, tenez, on voit la robe... Voici la tête qui reparaît.

Le jeune homme enleva aussitôt son vêtement.

— Que fais-tu ? lui demanda son ami, accouru à sa suite.

— Tu vas voir. Prends cela d'abord.

Il lui donna sa redingote et son chapeau.

— Tu es fou ! protesta l'ami.

— Baste ! en fait de folies...

Il n'acheva pas.. Il franchit à son tour la balustrade et se jeta dans la Seine du haut du pont.

Un long frémissement courut à travers la foule.

On comprit bientôt qu'il ne s'agissait pas d'un nouveau suicide, mais d'un acte d'héroïque audace.

D'abord, le sauveteur, entraîné par son poids et par la vitesse, avait disparu dans l'eau, qui était heureusement profonde à cet endroit.

La multitude, anxieuse, garda un instant le silence. Elle voyait le corps de la jeune fille, telle une noire épave, s'enfoncer de nouveau dans le fleuve, après avoir flotté un instant à la dérive.

Déjà, du ponton voisin, s'était détaché un bateau monté par deux mariniers qui accouraient à force de rames. Mais arriveraient-ils à temps ? En pareil moment, chaque seconde dure un siècle.

La multitude, entassée de plus en plus sur le pont, sur les quais, sur les berges, dardait ses yeux effarés sur le théâtre du drame. Les personnes les plus rapprochées gourmandaient les deux mariniers.

— Dépêchez-vous !... Allez donc !...

Et le bateau, emporté par de vigoureux coups de rames, bondissait à travers les courants.

Soudain, le nageur reparut à une douzaine de mètres en avant... Il frappait l'eau de la main droite... Presque aussitôt, on aperçut une seconde tête à côté de la sienne.

Il soutenait de la main gauche, par les cheveux, la tête de la noyée, qu'il s'efforçait de maintenir au-dessus de l'eau.

Il était essoufflé, à bout de forces.

En apercevant le bateau, sa figure s'éclaira. C'était le salut, non seulement pour lui, mais encore pour la femme qu'il entraînait, si toutefois on pouvait la rendre à la vie.

— Vite ! cria-t-il aux mariniers.

La recommandation était inutile. Mais elle indiquait, surtout par l'accent avec lequel elle était faite, l'extrême gravité de la situation.

En quatre coups d'aviron, le bateau vint se ranger contre le couple tragique.

Il était temps.

Le nageur tendit de sa main gantée la noyée au marinier. Libre de ses mouvements, il l'aida même à la hisser dans le bateau. Puis il escalada le bordage à son tour, avec une souplesse étonnante en raison de sa fatigue ainsi que du poids de ses habits, et il s'assit tranquillement à l'arrière.

De formidables applaudissements éclatèrent à la fois sur le pont de la Concorde et sur les deux rives de la Seine.

En même temps, on se ruait vers l'endroit où le bateau devait aborder.

Des gardiens de la paix accourus à temps, défendirent l'accès du ponton qui allait recevoir la noyée et les sauveteurs. Elle était étendue sans mouvement, le visage exsangue et plus blanc que le marbre, dans l'encadrement des cheveux noirs plaqués contre les joues et ruisselant sur les épaules. Le jeune homme la contempla un instant.

Il dit au batelier le plus proche de lui :

— Jolie femme, hein ! C'eût été dommage !

— Vous ne la connaissez pas ? demanda l'homme, saisi d'étonnement.

— Non.

— Ah ! ben alors, vous avez une riche santé, vous... Le gouvernement vous doit une fameuse médaille.

— Oh ! une médaille !

On accostait. La noyée fut transportée dans le bureau du pontonnier, où les soins immédiats prescrits pour combattre l'asphyxie lui furent prodigués.

Le jeune homme, tout trempé, en bras de chemise, se glissa dans la foule enthousiaste qui l'acclamait toujours et voulait le porter en triomphe.

Mais avant de quitter le ponton, il avait dit au brigadier des gardiens de la paix, accourus du poste voisin :

— Faites-la porter à l'hôpital Beaujon.

Cette instruction donnée, il avait aperçu son ami agitant au-dessus des têtes son chapeau et sa redingote. C'était de ce côté qu'il essayait

de cingler à travers la houle humaine. On l'acclamait, on l'admirait.
Les femmes l'auraient embrassé.

Ayant endossé sa redingote et mis son chapeau, il prit le bras de
son ami.

La voiture dans laquelle ils étaient remontés put enfin se dégager
de la foule plus bruyante et plus lauratrice que jamais.

Elle les déposa boulevard Malesherbes, à la garçonnière du sauveteur.

Les deux amis avaient faim. Ils allèrent dîner dans un restaurant
à la mode et s'offrirent, avec leur bel appétit de la vingt-cinquième
année, un succulent et plantureux dîner.

— Sais-tu maintenant où je vais te conduire ? dit le sauveteur à
son ami en le prenant par le bras au sortir du restaurant.

— Si tu veux me l'apprendre.

— A l'hôpital Beaujon.

— A l'hôpital Beaujon ?... Quelle est cette autre fantaisie ?... Ce
n'est pas sérieux... Tu veux dire les Folies-Bergères, le Casino, un
bouiboui de Montmartre.

— Non, non, l'hôpital Beaujon, à moins que tu ne veuilles pas m'y
accompagner. Mais tu viendras quand je t'aurai dit que c'est pour
prendre de ses nouvelles.

— Des nouvelles de qui ?

— De qui ? oh ! l'homme perspicace ! De qui ça peut-il être, sinon
de celle que j'ai sauvée, de celle dont j'ai été le terre-neuve ?

— Mais on ne nous recevra pas, à l'heure qu'il est.

— Si j'ai indiqué cet hôpital, j'avais une raison. Nous avons un
ami dans la place, René Tilloy, interne à Beaujon.

— Sommes-nous sûrs de l'y trouver ?

— Allons toujours. Je déclinerai au besoin mes noms, et, parmi
mes qualités, celle de plongeur pour dames ou demoiselles.

Les deux amis arrivèrent à l'hôpital du faubourg Saint-Honoré,
à neuf heures et demie. Ils demandèrent à parler à l'interne René
Tilloy. Après une seconde d'hésitation, le concierge les laissa passer
et même leur indiqua la salle de garde.

René Tilloy n'avait pas quitté l'hôpital ; il était précisément de
service cette nuit-là.

Lorsque les deux jeunes gens lui eurent exposé l'objet de leur dé-
marche :

— Vous tombez bien, leur dit-il. Je suis de garde, et c'est moi qui
ai reçu la noyée.

— Comment va-t-elle ?

— Pas mal. On l'a rappelée à la vie dans le ponton du Pont de la
Concorde, où elle a été d'abord recueillie. On a dû pratiquer longuement, paraît-il, la respiration artificielle. Mais, enfin, on l'a repêché
une seconde fois. Est-ce que vous désirez la voir ?

L'interne conduisit les tardifs visiteurs, à travers un dédale de
couloirs et d'escaliers, jusque dans une vaste salle éclairée par de
pâles veilleuses suspendues au plafond. Une double rangée de lits
blancs, alignés d'un côté et de l'autre, sans rideaux, formait dans la
demi-obscurité une perspective funèbre, comme une allée de cime-
tière, bordée de tombes.

Les trois jeunes gens s'arrêtèrent devant le quatrième lit à droite.

Une infirmière, chargée de veiller la nuit sur les malades, s'avança une lampe à la main. Cette lumière suffit pour éclairer la tête
de la nouvelle arrivée.

C'était bien elle. La figure rosée par la fièvre, n'avait plus sa
pâleur de cire. Ses lignes harmonieuses se détachaient nettement sur
l'ébène de la chevelure ; la bouche se dessinait comme un arc san-
glant.

— Elle est belle, hein ? murmura l'interne à l'oreille de son ami.

— Très belle !

Quoique ces paroles fussent échangées très bas, il n'en fallut pas
davantage pour tirer la jeune fille de son léger sommeil. Ses paupières battirent comme deux ailes.

Elle tourna la tête et referma les yeux.

Les visiteurs s'éloignèrent sur la pointe des pieds.

— Revenez demain, mais dans l'après-midi, recommanda l'interne à ses deux amis qu'il reconduisait à la porte de l'hôpital.

Le lendemain, l'horloge de l'hôpital venait à peine de sonner deux heures, lorsque les deux jeunes gens entraient à la salle de garde.

René Tilloy les y attendait.

— Eh bien ! comment va-t-elle ? demanda aussitôt le sauveteur en répétant sa question de la veille.

— La belle mystérieuse que tu as tirée de l'eau ?

— Oui.

— Mes amis, vous ne pourrez pas la voir.

— Pas la voir ? Pourquoi ?

— Parce qu'elle n'est plus à l'hôpital. Elle est partie.

— Partie ! s'écria Raoul, consterné.

— Diable ! reprit l'interne. La nouvelle a l'air de te toucher. Amoureux déjà !... Tu as le cœur aussi prompt que le jarret.

— C'est bon, mon très cher. Où est-elle ?

— Nous n'en savons absolument rien.

— Comment se nomme-t-elle ?

— Nous l'ignorons également. Elle n'a voulu nous donner ni nom ni adresse.

— Comment est-elle partie ?

À cette demande, l'interne se livra franchement à un accès de rire.

— Ça, répondit-il, c'est le comique de l'histoire. Ce matin, une femme est entrée brusquement dans la salle, avec une permission de la veur de la direction. Un brancardier la conduisait.

— Oh ! j'ai peur, disait-elle, je suis sûre que c'est ma fille, ma malheureuse Hélène !...

— Hélène ?

— Oui, c'était elle. Les deux femmes se reconnurent et la visiteuse se jeta en pleurant sur la malade. Elles s'embrassèrent avec effusion. Au bruit de leurs explications, je compris bien vite que l'intruse n'était pas la mère d'Hélène, la seule femme peut-être qui l'aimât au monde et qui lui servait de mère. Elle me raconta que lorsqu'elle avait lu le journal le matin, elle avait sauté en l'air, persuadée que la belle jeune fille, si pâle, aux cheveux noirs, aux vêtements en deuil, qui s'était précipitée dans la Seine du haut du pont de la Concorde, ne pouvait être que son enfant. Ah ! à propos, mon ami, dit René, je te félicite, tu as vraiment une bonne presse, quoique ton nom soit resté inconnu.

— Oui, oui, continue.

— Ah ! mon récit t'intéresse. La nourrice de ma cliente ne tarde pas à me dire : « Allez-vous-en, monsieur, ma fille va s'habiller et sortir d'ici. » « Comment, sortir ! lui ai-je répondu, mais pas du tout, elle va rester ! » « Rester, mon petit monsieur, rester, m'a-t-elle répondu avec l'aplomb de Mme Angot, pas une minute de plus. Je lui ai apporté un paquet d'effets et je vais l'emmener. »

Le directeur étant intervenu, la commère l'a envoyé promener. Et ses brusqueries étaient si franches, si cordiales, que personne n'a eu le goût de s'en fâcher. Bref, il a fallu lui donner la malade, qu'elle a emportée avec les plus grandes précautions. Ah ! la brave et terrible femme !...

— Vous ne lui avez pas demandé son adresse ?

— Si fait, mon ami, mais à un signe de la demoiselle, elle s'est tue. Il n'a plus été possible de lui arracher une parole. Qu'est-ce que tu dis de mon histoire ? Elle n'a pas l'air de t'égayer beaucoup.

— Non, répondit l'ami d'une voix sourde, je la trouve plutôt lamentable.

— Baste ! voici venir l'été, la saison des suicides aquatiques. Avec la science merveilleuse du plongeon, tu trouveras bien le moyen de sauver une autre jeune fille.

— Ce ne sera pas la même.

tu me dire. Tu feras ce que tu voudras...
tiens, embrasse-moi, Hector...

Eh bien! Tu la verras, console-toi...

Parce qu'il ça est dans l'cycle comme dans la réalité, on
ne doit pas se retrouver face à face avec une femme aimée qu'on
cherche. C'est le sort de tous les amoureux séparés! C'est la
la gravitation universelle, le phénomène de l'attraction.

FIN DU PROLOGUE

I

Trois mois après les événements que nous venons de signaler, un
jeune homme d'allure très distinguée, mais à la figure bave, au front
soucieux, traversait un matin, d'un pas rapide, la chaussée du boulevard des Capucines.

Il se dirigeait en droite ligne vers un établissement à la mode,
dont les larges baies encadrées de dorures, respiraient à flots l'air
frais du boulevard.

Il était onze heures et demie du matin.

Arrivé devant l'entrée du café-restaurant, il s'arrêta soudain,
comme pris d'indécision.

Sous le tambour, il avait déjà exploré la terrasse intérieure, au-
dessus de laquelle qui formait une jolie petite salle à manger d'été. Il

En même temps, il porta la main à son front comme pour
chasser une mouche importune.

Un garçon, la figure rasée de frais, le tablier éclatant de blancheur,
accourut à lui.

Tout en le débarrassant de son pardessus, de sa canne recourbée
en crosse, de son chapeau à reflets brillants:

— Monsieur le comte, lui dit-il, désire déjeuner?

— Faites-moi le plaisir, répliqua le jeune homme irrité, de ne pas
m'appeler comme ça, monsieur Hector. C'est... Mon titre
m'ennuie par ici.

— Bien, monsieur, fit avec un fin sourire le garçon de café qui
connaissait les manies de tous ses clients.

Et il tira de sa poche un journal qu'il présenta à celui-ci.

— Voulez-vous votre journal, monsieur de Flamery? Il y en a
un. C'est ma foi vrai, parbleu!

À ce merci, prononcé sur un ton sec par celui qui ne voulait pas
qu'on l'appelât Monsieur le Comte ou M. de Flamery, le garçon s'éloigna.

Il alla prendre une cuiller au cercle, pendant que le
comte de Flamery avait pris le journal et le parcourait machi-
nalement. Il allait le reposer dans un bâillement ennuyé,
lorsqu'il aperçut une ligne qui le frappa.

Son attention se fixa brusquement sur le point qui donna paru
à son regard. C'était le libellé d'une annonce qui venait d'accro-
cher ses yeux comme par magnétisme.

Il lut ceci:

« On cherche une jeune homme, un million de dot, à doubler,
pour épouser... un jeune homme sans fortune, mais de bonne
famille. S'adresser à H. Trégard, 17, rue de la Ménardière. »

Mais, à peine cette annonce parcourue, ce fut une nouvelle tran-

nation dans la physionomie du lecteur. Un sourire amer, plissa
ses lèvres.

— C'est ridicule et abject! grommela-t-il.

Et chiffonnant le journal dans un mouvement de colère, il le lança sur la table voisine.

— Eh bien! à qui en as-tu? clama d'une voix bien timbrée, un jeune homme de superbe prestance qui venait de faire irruption dans le restaurant. Tu massacres les gazettes, maintenant! Si tu as à te plaindre d'un méchant échotier, nous irons lui tirer les oreilles. Mais déjeunons d'abord, hein!

— Ah! c'est toi, mon cher Maurice? s'écria l'interpellé en bondissant de sa chaise et en tendant les mains au nouvel arrivant.

Ils échangèrent aussitôt une fraternelle étreinte.

Le front du comte de Flamery s'était rasséréné tout à coup. Les deux amis paraissaient aussi joyeux l'un que l'autre...

— Oui, mon cher Raoul, reprit le nouvel arrivant; c'est moi, c'est bien moi, en chair et en os, heureux de te revoir, après trois mois d'absence, enchanté de t'avoir à déjeuner. Nous allons pouvoir bavarder à notre aise, en déjeunant...

Raoul de Flamery et Maurice Hercelin étaient deux amis d'enfance.

La dominante cause de cette vieille amitié, c'était la commune loyauté de leurs deux cœurs. Leur affection réciproque était faite de confiance autant que d'estime.

Et pourtant, que de divergences de caractère entre eux.

Tandis que Maurice Hercelin se montrait sur les bancs du lycée, comme plus tard dans le courant de la vie, réfléchi, calme, laborieux, Raoul se laissait emporter par sa nature plus en dehors. Inapplicable aux travaux de l'esprit, il lui fallait le bruit, l'agitation, les exercices physiques.

Les Flamery, vieille race bretonne des environs de Rennes, s'étaient illustrés de père en fils dans la carrière des armes. Le comte Jean de Flamery, père de Raoul, avait passé par l'École polytechnique, conquis rapidement le grade de capitaine d'artillerie et trouvé une mort glorieuse, autant que prématurée, dans les rizières du Tonkin.

Malgré cette infortune, la comtesse de Flamery, fidèle à la patriotique tradition, aurait voulu que son fils marchât sur les traces paternelles. La discipline militaire, bien qu'elle fût relevée par le sentiment du devoir le plus sacré, le heurtait, et la fougueuse indépendance de Raoul...

Il avait à peine vingt-trois ans lorsqu'il perdit sa mère, succombant à une longue maladie de langueur.

Perte douloureuse, irréparable!..

Lorsque cette tutelle bien aimée lui manqua, Raoul se trouva tout à coup seul dans la vie, entièrement libre de ses actes et possesseur d'une fortune liquide représentant quarante mille francs de rente.

Fils d'un riche armateur de St-Malo qui lui servait une pension annuelle de douze mille francs, Maurice Hercelin s'était adonné à la peinture. Il ne devait jamais connaître le stimulant de la misère et les privations pour produire des chefs-d'œuvre.

Avec son nom, sa fortune, ses avantages physiques, sa parfaite éducation, le jeune comte de Flamery vit s'ouvrir rapidement devant lui les portes des deux faubourgs. Il devint en peu de jours, par sa belle mine et ses manières assurées, un de ceux dont le Tout-Paris mondain se préoccupe.

De temps en temps, il allait prendre Maurice Hercelin dans sa retraite de la place Pigalle.

L'artiste se laissait entraîner, toujours heureux de voir son ami pétillant de gaieté, de recevoir ses amusantes confidences.

C'est dans une de ces sorties en commun que se produisit l'incident du pont de la Concorde, le sauvetage de la belle jeune fille dont il ne connaissait que le prénom, Hélène!.. Raoul était tellement rompu à tous les genres de sports, à tous les exercices de gymnastique, qu'il eût accompli sans hésitation l'exploit le plus périlleux, le plus insensé, par simple gloriole, par pure bravade, aussi bien que sous le coup d'une généreuse impulsion.

A partir de ce jour-là, il se fit un changement profond dans le caractère du comte Raoul de Flamery.

La belle image de celle qu'il avait sauvée avait fait sur son cœur une impression, jamais ressentie auparavant.

La disparition de la jeune fille, ou plutôt son enlèvement de l'hôpital Beaujon par la brave femme que l'interne avait dépeinte sous des traits si comiques, piqua au vif la curiosité de son sauveteur.

Il se mit à sa recherche. Il associa Maurice au capricieux intérêt d'une telle entreprise.

Le peintre s'y prêta de bonne grâce, mais il fut obligé de quitter Paris pendant quelque temps pour ses affaires et laissa seul Raoul à ses recherches.

Elles furent vaines.

Livré à lui-même, le comte se livra à toutes les folies, comme s'il eût voulu oublier le souvenir. Il les commit de gaieté de cœur.

La voiture dans laquelle ils étaient remontés (page 3).

La passion du jeu le saisit.

Comme il ne faisait rien avec mesure, il se lança dans de fiévreuses parties.

La veille du jour où nous l'avons vu entrer dans un restaurant du boulevard des Capucines, il avait encore 25.000 fr. en poche, mais il n'avait plus que cela. Le lendemain matin, il ne lui restait plus un rouge liard à lui.

On comprend maintenant dans quelle disposition d'esprit, après une lourde matinée d'insomnie, le jeune comte de Flamery répondit à l'invitation de son ami, le peintre Maurice Hercelin, rentré de la veille, à Paris.

Maurice était triomphant, il exultait d'allégresse. Les deux toiles qu'il avait fait recevoir au Salon, un « Coin de falaise à Saint-Enogat », un « Portrait de Bretonne » dans un cadre particulier, pouvaient être comptés, à son avis, parmi ses meilleures productions.

La critique en avait parlé avec éloge. Il s'étendait avec complaisance sur le deuxième tableau.

— Un bijou de la vieille église abandonnée, à Saint-Lunaire. Dans cheur délabré, un banc d'œuvre en chêne noirci, rongé par les vers. Mon sujet est là. Ma Bretonne, une jolie paysanne de dix-huit ans au visage rose, aux yeux purs, est assise, dans une stalle. Sur ses cheveux châtain-clair, aux ondes épaisses, est posé le coquet bonnet blanc du pays, tout alourdi de guipures, avec, selon la mode locale, la bride blanche qui fait le tour du visage, d'une oreille à l'autre. Il y a un contraste frappant entre la jeunesse rayonnante de mon modèle et la vétusté des objets qui l'entourent. Là-dessus se joue une lumière grise... Mais, on dirait que tu ne m'écoutes pas...

— Si, si, continue.

— Mais non. Tu as quelque chose. Je bavarde, je bavarde, trop satisfait de moi-même, sans m'apercevoir que tu n'es pas en train, que tu ne me donnes pas seulement un mot de réplique. Est-ce que tu as joué cette nuit?

— Oui...

— Tu as perdu?...

— Tout!... Je suis raflé, nettoyé de fond en comble.

— Alors, envolé le million paternel?...

— Un million et demi, oui!... Il me reste heureusement l'honneur, car si j'ai dissipé jusqu'au dernier sou mon héritage financier, je n'ai pas touché à l'héritage de probité, de loyauté que j'ai reçu de mes parents; j'ai bien fait des sottises mais jamais rien qui puisse diminuer ce legs sacré.

— Hé! que me dis-tu là, mon cher, je le sais aussi bien que toi.

— Pardonne — je suis un écœuré, un vaincu de la vie, un curieux de l'au-delà, qui n'a plus qu'une chose à faire, se loger une balle dans le crâne.

Le peintre eut un frémissement.

L'accent résolu de son ami ne lui laissait aucun doute sur la fermeté de sa terrible détermination.

— Alors, tu veux te tuer? reprit-il.

— N'est-ce pas, répondit froidement Raoul, ce qui convient le mieux?

Après une minute d'observation silencieuse et vague, Maurice reprit l'entretien, en lui imprimant une déviation calculée.

— Le beau soleil, hein!... Tu parles de te faire sauter la cervelle... Il me semble que par cette douceur de température, j'aimerais mieux un autre genre de suicide. La Seine doit charrier en ce moment une coulée d'or.

— Ah! s'écria Raoul rappelé brusquement au souvenir le plus poignant de son aventureuse existence, j'aurais mieux fait de rester au fond de l'eau avec la jolie fille que j'en ai retirée.

— Tu y penses toujours.

— Oui comme à un beau rêve trop vite évanoui, mais resté inoubliable. Oh! si j'avais pu revoir cette Héléna... Il me semble que ma vie aurait changé de cours, se serait orientée vers un but idéal, comme la tienne au lieu de se gaspiller en mille folies...

— Des regrets, alors?

— Peuh! Est-ce que je sais? J'ai vécu comme je devais vivre, conformément à la loi qui emporte les derniers descendants des vieilles familles. Elles s'éteignent toutes dans des modes prématurés et tragiques. Je n'aurai rien changé à la tradition.

— Il y a tradition et tradition, répliqua-t-il avec vivacité.

Les vieilles familles, quand elles ont un représentant jeune et vigoureux comme toi, doivent se consacrer, s'appliquer à perpétuer la race, tout comme les familles modernes, si tant est qu'il y ait des familles plus vieilles les unes que les autres. Veux-tu que je te donne un bon conseil, un vrai conseil d'ami celui-là. Il est facile à suivre et il remédie à tout le mal.

— Donne-le toujours.

— Le voici: marie-toi.

Raoul fit un bond sur sa chaise.

— Comment as-tu dit cela? s'écria-t-il.

— Marie-toi, répéta carrément Maurice.

— Et c'est là ton remède souverain?

— Parfaitement. Je trouve même qu'il convient parfaitement à son état psychique. Tu cherches un suicide, je t'offre celui-là ; le Phénix renaît de ses cendres.

— Tu le prends, je vois, sur un ton plaisant. Je continuerai de même. Contre qui veux-tu que je me marie ?

— Contre, non, mais avec une belle héritière, jeune et vertueuse, qui redorera ton blason terni et t'apportera en dot au moins un joli million, quitte et franc de tous droits.

— Tu parles comme une annonce de mariage, répliqua Raoul, avec un sourire amer, mais littéralement comme une annonce de mariage.

— Qu'as-tu encore ?

— Lorsque tu es arrivé, tout à l'heure, tu m'as surpris rejetant un journal, tiens, celui-ci, avec dégoût, et me récriant contre ce que je venais d'y lire.

— Oui, eh bien ?

— Tu m'as même demandé ce qui me prenait, et j'ai éludé la question. Tu vas le savoir maintenant, ce qui me prenait.

Raoul saisit le journal, retrouva son annonce à la troisième page et, la mettant sous les yeux de son ami, il lui en fit, à demi-voix, la lecture :

« Une belle jeune fille, honnête, un million de dot, le double en espérances, épouserait jeune homme sans fortune, mais de bonne famille et titré.. »

Il poursuivit, un rictus aux lèvres :

— Est-ce que tu avais lu cet avis, avant de me faire ta proposition ?

— Ah ! ça, répartit Maurice, avec vivacité, quel est le sens de tes paroles ? Pourquoi ne me soupçonnes-tu pas tout de suite d'avoir une remise à toucher, après la cérémonie nuptiale, sur le montant de la dot. Mais tu es atteint d'une névropathie aiguë, je le comprends et je te le pardonne. Raisonnons un peu... Veux-tu ?

— Sur quoi ? Sur l'annonce du journal ?

— Non, sur ma proposition.

— C'est la même chose. L'annonce m'a écœuré, l'offre me déplaît, je n'en veux pas, j'aime mieux me tuer que me vendre.

— Laisse-moi m'expliquer. Lorsque je t'ai dit, tout à l'heure : marie-toi, je n'ai pas voulu t'engager à prendre pour femme la première jeune fille venue, à la condition qu'elle fût riche. Je n'ai pas exclu de l'hymen à réaliser l'affection ni l'estime. Ah ! mais non. Si tu l'as supposé, tu as eu grandement tort. Ce qui est certain, c'est que mon conseil vise une éventualité dont personne ne s'effarouche et qui est de pratique courante dans le monde le plus guindé, dans la société la plus fermée, celle du faubourg Saint-Germain. Si fermée qu'elle soit, elle ne l'est pas à la forte dot qui vient de la bourgeoisie tant méprisée ou du commerce tant honni, lorsqu'il s'agit de redorer le blason d'un de ses beaux-fils, désargenté comme toi. Les princes ruinés qui épousent des filles de raffineurs archimillionnaires, les ducs à la côte, qui se font remorquer par une pouliche plébéienne, somptueusement harnachée, ne se comptent plus. Donne-moi ton argent, je te donnerai mon titre. Fais-moi riche, je te ferai vicomtesse ou marquise.

— Et tu trouves cela propre ?

— Mon cher, la plupart des mariages en sont là. Ils sont même précédés de contrats par-devant notaire.

— On dirait que tu railles.

— Pas le moins du monde. Est-ce que tu veux empêcher un duc épris de la fille d'un marchand de pétrole de lui donner son nom, parce que tout simplement le grand seigneur n'a plus le sou et que l'homme au pétrole est milliardaire ? C'est ça qui serait monstrueux. Il ne faut pas croire qu'il n'y ait d'alliance honorable que celle du roi épousant une bergère. Ce serait un ramollissement cérébral. Voilà pourquoi et comment tu peux prendre pour femme une riche héritière.

— Où est-elle ?

— Cherche-la !..

En disant cela, Maurice avait pris le journal des mains de Raoul et parcourait de nouveau l'annonce en marmurant :

— Le hasard !.. Le hasard !.. Pourquoi pas ?

— Qu'est-ce que tu marmottes-là, fit le comte de Flamery, impatient.

— Mon cher, tu as mal lu cette annonce, ou plutôt tu te trouvais, quand elle est tombée sous tes yeux, dans un état d'agacement, fort naturel d'ailleurs.

— Et puis... Continue.

— Elle est très digne cette annonce, elle est irréprochable. Examine-la de très près. Voici comment elle s'exprime : « Une belle jeune fille honnête. »

— Il y a tout un portrait dans ces cinq mots, un portrait complet, au moral comme au physique. La demoiselle est belle, elle est jeune, elle est honnête... Que peut-on désirer de plus ? Il n'y a pas de tare, là-dedans. Où vois-tu une tare ?

— Il y a la dot.

— Oui, je sais bien, il y a la dot, un million, accru plus tard de deux autres. Mais ce n'est pas là un vice rédhibitoire.

— Si.

— Je ne te comprends pas.

— Tu me comprends fort bien, au contraire. Une jeune fille ayant toutes les qualités qu'on énumère et, par-dessus le marché, trois millions de fortune, n'a pas besoin de recourir à la publicité pour trouver un parti. Elle en trouvera cent, elle en trouvera mille, sans ce détestable expédient. Pour en arriver là, il faut qu'il y ait des bontés autour d'elle. La voilà, la tare.

— Qui sait ? L'annonce cache un mystère, assurément. Mais nous ne pouvons formuler à ce sujet que l'opinion la plus incertaine, que le jugement le plus téméraire. Il faudrait voir les choses plus à fond.

— Où veux-tu en venir ?

— C'est une idée baroque qui me passe par la tête. Cette annonce m'intrigue. Elle se montre à tes yeux justement à la minute. Ou moins scrupuleux, tu pourrais en faire ton profit. Car tu réponds exactement au « desideratum » de la seconde partie. Le jeune homme sans fortune, mais de bonne famille et titré, c'est bien, si je ne m'abuse, le comte Raoul de Flamery. D'autre part, je t'ai tenu le même langage que cette annonce, sans m'être concerté avec elle, sois-en bien convaincu. Il y a, dans toutes ces coïncidences, quelque chose de fatidique... Le hasard est grand, mon cher ami. A ta place, j'irais aux renseignements.

— En voilà une sévère, par exemple. Est-ce que tu es fataliste ?

— Peut-être !.. Que sais-je ? dirais-je après Montaigne et Rabelais.

<h2 style="text-align:center">II</h2>

Long comme une perche, sec comme un sarment de vigne, le visage glabre et ridé, les cheveux longs et gris relevant en boucles à la Garnier-Pagès, le nez proéminant, les lèvres minces, les yeux valerons et enfoncés sous les broussailles des sourcils, tel était maître Honoré Thénard, directeur de l'agence matrimoniale, 17, rue de la Michodière.

Une longue redingote noire enveloppait son corps fluet.

Il avait un aspect bizarre, donquichottesque, mais non repoussant, quoique même rébarbatif. Un suisse maigre de cathédrale en bourgeois, entre cinquante et soixante ans.

Lorsque le comte de Flamery lui eut exposé le but de sa visite, il s'empressa de lui vanter les mérites de la jeune fille dont il était question dans l'annonce.

— Jeune, 21 ans, belle, vertueuse, un million de dot, et il lui reviendra deux ou trois millions plus tard.

— Alors, où est la tare, la tare monstrueuse, la tare effroyable ?

Car, après la trop brillante médaille que vous venez de me décrire, il faut que je m'attende au plus lamentable revers. La dot provient d'un bien mal acquis ?

— En aucune façon. L'argent de la dot est pur, exempt de tout alliage.

— Les parents sont sur le coup de poursuites criminelles ?

— La jeune fille est orpheline. Elle a perdu sa mère peu de temps après sa naissance et son père, il y a trois ans.

— Je comprends de moins en moins votre intermédiaire pour le mariage. La jeune fille accomplie que vous m'avez dépeinte, ornée de toutes les qualités physiques et morales, richement dotée, indemnie de toute tache du côté de sa famille, n'avait aucun besoin de publicité pour trouver un fiancé digne d'elle. Elle ne devrait avoir comme Jeannette que l'embarras du choix, parmi cent amoureux empressés à lui plaire.

— Tout cela vous sera surabondamment expliqué. Vous serez satisfait, je vous l'assure. Votre dignité n'en éprouvera aucun froissement. Dès lors, quelles sont vos intentions ?

— Mes intentions !... Je n'ai plus à hésiter, répliqua résolument le comte de Flaméry. Si vous me trompiez...

— Oh ! monsieur...

— En étant abusé vous-même, bien entendu. Si donc nous nous trompions, je pourrais toujours me retirer.

— Naturellement. Alors, vous êtes prétendant.

— Oui, monsieur.

— Cela étant, permettez-moi de vous poser à mon tour quelques questions.

— Volontiers.

— Vous me faites l'effet d'un parfait gentilhomme, mais je n'opère pas en ce moment pour mon compte personnel. Je suis un mandataire chargé de la plus délicate mission, et je dois fournir à mes mandants les garanties les plus complètes sur l'honorabilité de la personne que je leur présenterai.

— Comment donc ?... Rien de plus naturel.

— Vous êtes ruiné ?

— Complètement. J'ai perdu un million et demi en cinq ans.

— Par des spéculations malheureuses ?...

— Non, par le jeu, les femmes, les courses, la vie dissipée et maussade qu'on appelle une vie de plaisirs, et qui n'est qu'une vie d'éreintement.

— Vous faisiez la fête ?

— Je la faisais.

— Est-ce que vous la recommenceriez ?

— Non, jamais. J'en sors écœuré.

— Vous n'avez pas de casier judiciaire ?

Raoul sursauta. Sa main droite serra fébrilement sa canne.

— Pour qui me prenez-vous ? s'exclama-t-il

— Ne vous offensez pas. On peut avoir un casier judiciaire sans qu'il en résulte une flétrissure. Vous avez eu des duels ?

— Beaucoup.

— Il n'en faut pas davantage. Les affaires d'honneur entraînent quelquefois des poursuites et des condamnations. Il en est de même de la politique.

— Je n'en ai jamais fait.

— A qui pourrais-je demander des renseignements sur votre compte ?

— A qui ? A tous les retardés, à tous les cercleux de Paris, ceux du Jockey-Club, comme ceux de l'Epatant, et, tout d'abord, ce qui vaudra mieux, à M. Maurice Hercelin, artiste peintre, domicilié rue Pigalle, numéro 25.

— Votre famille avait un notaire, sans doute ?

— Oui, maître Johel, à Rennes.

— Je vous remercie, monsieur. Ah ! pardon, votre adresse, que j'oubliais.

— Rue de l'Arcade, 23. Elle est, du reste, sur ma carte.

Le sang se précipita plus vite dans ses artères, sous le coup d'une profonde émotion.

— Qu'avez-vous ? demanda le vieillard, en voyant le comte de Flamery si troublé, et si persistant dans sa contemplation. Est-ce que vous la connaissez ?

Le jeune homme releva la tête, et dominant à peu près son trouble :

— J'ai cru la reconnaître, dit-il. Une ressemblance frappante avec une femme que j'ai beaucoup aimée, que je n'ai même jamais oubliée.

— Cela se voit. Le portrait vous a causé une certaine impression.

Une jolie paysanne de 18 ans (page 8).

— Je ne le nierai pas.

— Alors, vous la trouvez bien ?

— Il ne dément pas la séduisante description de celle que vous appelez votre cliente. Elle est brune.

— Oui, très brune.

Raoul se prit à considérer de nouveau la photographie avec une attention passionnée. Il ne pouvait plus en détacher le regard.

— Une agréable compagne de voyage, n'est-ce pas ? fit l'agent matrimonial.

— Oui, certes, répliqua Raoul charmé.

— Et vous ne partez plus seul pour vos expéditions aventureuses.

— Non, vraiment, à moins que... Mais causons un peu, je vous pris. Pourriez-vous me dire non pas le nom, mais le prénom de la jeune fille ?

— Est-ce que cette révélation a beaucoup d'importance pour vous ?

— Énormément.

— Elle s'appelle Hélène...

Raoul tressaillit des pieds à la tête.

L'appellation de ce nom : Hélène, le secoua comme un choc électrique.

Il s'y attendait et pourtant la surprise lui fit éprouver une commotion telle qu'il en eût vacillé sur ses jambes, s'il avait été debout.

Après le portrait, le nom.

Honoré Ménard s'aperçut aussitôt de l'effet considérable que le nom de la jeune fille avait produit sur le visiteur.

Il garda un instant le silence comme pour respecter ses méditations.

Puis, pressentant que la fructueuse négociation dont il était chargé avait les plus grandes chances d'aboutir, il reprit pour renouer l'affaire :

— J'ai d'autres révélations à vous faire sur cette jeune fille, si vous le désirez.

— J'allais vous prier de me les donner, répondit Raoul avec vivacité.

— Mlle Hélène Rubion est la fille d'un simple fermier de la Beauce.

A la suite d'un incendie qui détruisit la totalité de ses récoltes rentrées dans les granges de sa ferme, la compagnie d'assurances lui intenta un procès en soutenant qu'il était l'auteur de ce désastre. Le malheureux homme ne sut se défendre contre cette accusation inique. Il se défendit mal, perdit la tête et se suicida.

Mlle Hélène était alors fiancée à un jeune médecin qui, voyant disparaître la dot, se délia de ses engagements.

La jeune fille aimait comme on aime à dix-huit ans. Elle eût été capable de suivre l'exemple de son père et de se suicider, elle aussi, si elle n'avait trouvé aide et protection dans sa nourrice, Justine Fromont, gouvernante chez la baronne de Landeville.

— Quelle est cette baronne ?...

— La propre tante de Mlle Hélène Rubion. J'aurai l'occasion de vous en entretenir longuement tout à l'heure.

— Continuez, monsieur !...

L'agent matrimonial inclina la tête et reprit :

— Cela peut vous paraître surprenant que la nièce eût besoin, pour être accueillie par la tante, de l'appui d'une étrangère. Le fait est exact pourtant et il peut déjà servir à caractériser l'état d'esprit de la vieille baronne. Très hautaine, très entêtée, quoique d'un cœur excellent, elle avait toujours marqué la plus bizarre prédilection pour les noms à particule et les titres nobiliaires. C'était chez elle un parti pris irréductible. Devenue, grâce à sa distinction et à sa beauté, alors qu'elle était jeune fille, baronne de Landerville, elle n'avait jamais pardonné à sa sœur cadette, la mère d'Hélène, son mariage avec Charles Rubion, un simple fermier. Son beau-frère était mort sans même qu'elle l'eût connu. Son mari resta très épris d'elle jusqu'à la fin.

Aussi, lorsqu'il la laissa veuve à cinquante ans, il lui avait laissé son immense fortune. La baronne de Landerville est peut-être six ou sept fois millionnaire. Elle n'a pas un train de maison correspondant à cette fortune. Elle habite un bel hôtel, dans une des principales rues d'Auteuil, avec un personnel de six domestiques seulement, trois hommes et trois femmes, sans compter Justine Fromont, la gouvernante de tout ce monde-là.

Il se fait chaque année, là-dedans, de fortes économies, d'autant plus que la baronne n'a plus ni dîners, ni réceptions.

Elle est devenue impotente, condamnée à la chaise longue ou à la voiture; incapable de rendre des visites, se sont détachées d'elle peu à peu ses anciennes relations. Les abandons successifs de ses amies d'autrefois l'ont rendue de plus en plus ombrageuse.

— Maintenant elle ne voit plus personne pour ainsi dire. Elle vit confinée chez elle.

— Aussi Hélène Rublon n'eût-elle trouvé auprès de sa tante qu'une existence morne, désolée presque, si elle n'y eût rencontré, dès son arrivée, deux solides affections, deux excellents cœurs, dans Justine Fromont, la gouvernante, et Geneviève, une autre nièce de la baronne.

— Dites-moi, monsieur Thénard, interjeta Raoul en se rappelant confusément quelques lignes du portrait de la bonne femme qui était allée arracher Hélène à l'hôpital Beaujon, Mme Fromont n'est-elle pas une femme entre quarante et cinquante ans, un peu corpulente, au visage coloré, aux manières plutôt communes, mais cachant sous son écorce rugueuse un grand fond de bonté ?

— Mais c'est elle-même, fit le directeur d'agence tout à fait surpris. Vous l'avez connue ?

— Non, je l'ai devinée dans tout ce que vous venez de me dire.

Raoul ne livrait pas son secret : il le gardait pour lui, ravi de cette nouvelle preuve d'identité entre les deux Hélènes.

— Vous m'avez nommé une autre nièce de la baronne, Mlle Geneviève...

— Madame Geneviève, vicomtesse Ruffin du Vivier, mariée depuis trois ans environ. Elle adore sa cousine Hélène, bien qu'elle offre avec elle le contraste le plus frappant. Tandis que Mlle Rublon est brune, grande, sérieuse, mélancolique même, la vicomtesse est blonde, mignonne, rieuse, presque turbulente. Elle est également très jolie. C'est la fille d'une sœur du baron de Landerville qui avait versé dans la roture.

Orpheline de père et de mère, comme Hélène, elle avait été recueillie très jeune par le baron lui-même, qui l'a léguée à sa femme comme unique charge de son immense fortune.

Elle a épousé un sportsman qui s'occupe d'élevage, je crois... Vous connaissez peut-être ?... Le vicomte Ruffin du Vivier.

— Pas du tout !

— Le vicomte et la vicomtesse habitent un appartement dans l'hôtel même de la baronne de Landerville.

Ils ne reçoivent pas parce que l'état de santé de leur tante ne le permet pas.

— Celle-ci n'a donc pas conservé de relations dans le monde aristocratique.

— Le mariage de Mlle Geneviève fut un hasard... Une rencontre des deux jeunes gens sur une plage normande... Le coup de foudre...

Comme Mme de Landerville est plus que jamais entichée de noblesse, qu'elle ne veut donner sa seconde nièce qu'à un prétendant ayant des titres et des blasons, Mlle Hélène était menacée de rester vieille fille si la bonne nourrice ne s'était pas imaginé — ce en quoi elle a bien fait — de publier l'annonce que vous avez lue...

Le comte de Flamary, qui guettait le récit de la noyade, pour avoir l'entière confirmation de l'exactitude de ses conjectures, éprouva une réelle déception. L'épisode du pont de la Concorde n'avait pas figuré dans les péripéties dont la narration l'avait tant ému.

Évidemment, il était ignoré de l'agent matrimonial. A moins que l'Hélène de l'histoire qu'il venait d'entendre, ne fût pas la même que celle !...

Mais non, ce n'était pas possible.

Le doute, à ce sujet, si faible fût-il, le fit tressaillir.

Il aurait voulu pouvoir l'éclaircir à l'instant même. Mais comment ?

Réduit à abandonner cette idée pour demander quelques renseignements complémentaires qui lui tenaient au cœur :

— Hélène Rublon, interrogea-t-il, a vécu depuis trois ans dans une villa d'Auteuil, en compagnie de sa tante, de sa cousine et de sa nourrice. Quelle existence a-t-elle menée ?

— Celle d'une recluse ou, du moins, d'une jeune fille confinée volontairement dans sa famille.

— Elle n'est jamais sortie seule ?

— Jamais, au dire de Mme Fromont, que j'ai tout lieu de croire sincère. Elle sort quelquefois sans doute de la villa d'Auteuil, mais en compagnie de sa tante ou de sa cousine, et, fréquemment, pour secourir des malheureux à domicile, car elle est très charitable.

— Comment, elle, si fière, peut-elle accepter le projet de mariage par voie d'annonce ?

— Oh ! par exemple, elle ignore absolument cet expédient. Geneviève n'en sait rien non plus. C'est un complot entre la baronne et sa dévouée gouvernante. Hélène ne voulait pas entendre parler de mariage. Il a fallu pour la rallier en principe à cette idée, les instances et les objurgations multipliées de sa tante et de sa nourrice. De guerre lasse, elle a cédé. Mais ! Mais elle reprendrait aussitôt sa parole, si elle connaissait le moyen employé pour lui procurer un mari. C'est pour le coup qu'elle se sauverait dans un couvent, comme elle a déjà menacé plusieurs fois de le faire.

— Dans un couvent ! répéta Raoul effrayé.

— Oui, et elle n'y a renoncé que devant les prières et les pleurs de Justine Fromont, ainsi que de Geneviève. J'ai fini. Je crois vous avoir exposé suffisamment la psychologie des habitantes de la villa d'Auteuil. Quel parti prenez-vous ?

— Présentez-moi, fit résolument le comte de Flamery.

III

Une semaine s'était à peine écoulée que le comte de Flamery était présenté par Maître Honoré Thénard, à la baronne de Landerville.

— C'est un grand honneur pour moi, madame la baronne, dit-il en s'inclinant devant la vénérable dame, d'être admis à vous présenter l'hommage de mon respect.

Cette formule de politesse banale fut débitée avec aisance, de galante façon.

La petite vieille le dévisageait. La première impression fut excellente.

— Charmée, monsieur le comte, répondit-elle d'une voix chevrotante et avec un vague sourire, et honorée moi-même de faire votre connaissance. Vous n'êtes pas, du reste, tout à fait un inconnu pour moi. J'ai eu l'honneur de me rencontrer, deux fois au moins, il y a des années de cela, par exemple, de nombreuses années, avec Mme la comtesse de Flamery, votre mère, dans des salons tierces. C'était une personne tout à fait charmante, que madame votre mère, et une véritable grande dame.

Raoul était confus et ému tout à la fois. La ruine humaine qui lui parlait venait de grandir à ses yeux, avec la majesté d'une idole sacrée.

Elle avait connu sa mère.

— Je suis très heureux de vous voir et de vous entendre, madame la baronne, plus heureux que je ne saurais l'exprimer, déclara-t-il d'une voix chaude et bien timbrée. Vous venez d'évoquer en moi le souvenir le plus doux et le plus touchant, celui de ma bonne et sainte mère que j'ai tant aimée et à laquelle j'ai gardé le culte le plus fervent dans le fond de mon cœur. Soyez bénie pour l'avoir connue et m'avoir fait grâce de me le dire.

La baronne de Landerville s'était réservé cette confidence, et le jeune comte lui plaisait complètement à première vue.

L'effet produit avait dépassé ses prévisions les plus optimistes.

Un rapide courant de sympathie se dégageait de la tenue, de la physionomie, du son de la voix, de l'accent de sincérité du comte de Flamery.

La baronne, séduite, avait fait aussitôt la touchante allusion à ses anciennes fréquentations mondaines.

La glace était rompue.

— Fort bien, monsieur, répliqua la baronne. Vous montrez du

cœur. Je crois que nous nous entendrons. Il faut que je vous présente à mes deux nièces.

Elle appuya sur un timbre et aussitôt la vieille gouvernante parut.

— Ma bonne Justine, voulez-vous prier Geneviève et Hélène de venir au salon.

La brave femme inclina la tête en signe d'assentiment, rétablit l'ordre des coussins sous la tête et sous les pieds de la baronne et jeta un coup d'œil de côté sur Raoul.

— Il est très bien ce garçon-là, murmura-t-elle aux oreilles de Mme Landerville, en s'en allant.

Quelques secondes après les deux cousines entraient, toutes deux ravissantes, dans leurs toilettes printanières.

Une expression d'extrême surprise se peignit sur le visage d'Hélène qui n'avait pas été prévenue de cet événement extraordinaire : la visite de deux messieurs, deux inconnus.

Un vieux !... Un jeune ! Oh ! oh !... Il y avait anguille sous roche.

Très pompier, le vieux, avec son majestueux appendice nasal !... Très gentleman, le jeune ! Singulier couple, disparate, saisissant.

Raoul réprima un tressaillement. Il continua de s'avancer, le front haut, les yeux rivés au visage de la jeune fille.

C'était elle.

Une joie immense inonda tout son être. Il la reconnaissait, dans l'encadrement de ses cheveux noirs, la matité de son teint toujours pâle, l'exquise harmonie de ses traits, l'ovale si parfait du visage, la splendeur de ses deux grands yeux de velours... Enfin, c'était elle...

Pour elle, il se mit ce soir-là, en frais d'esprit et d'éloquence.

Il acheva de conquérir les bonnes grâces de la baronne, les sympathies de la gouvernante, l'imagination de Geneviève.

Maître Honoré Thénard était aux anges en augurant, dès la première escarmouche, du succès de la campagne.

Hélène seule se renferma dans une attitude très discrète.

Elle pressentait l'époux imposé, c'est-à-dire l'ennemi dans le jeune homme aux façons si séduisantes. Elle repoussait instinctivement la séduction.

. . . .

Hélène avait été fiancée au fils d'un ami de son père, un jeune médecin.

Il avait, le premier, fait battre son cœur, ils devaient se marier lorsque le malheur s'abattit sur elle.

Elle n'avait pas fait appel à sa tante. Elle ne l'avait jamais vue.

Le jeune homme était parti quand il avait su qu'elle était ruinée.

A la douleur que lui causait la perte de son père qu'elle adorait, était venu se joindre le chagrin de sa première déception d'amour.

C'est alors qu'elle avait songé à Justine Fromont, sa nourrice, qui était devenue gouvernante chez la baronne de Landerville.

Et Justine avait su vaincre les résistances de sa maîtresse, elle était accourue chercher Hélène. D'ailleurs, la baronne se trouvait seule. Sa nièce Geneviève était en voyage de noces. Elle venait d'épouser le vicomte Ruffin du Vivier.

— « Un élégant sportman, disait maître Thénard. Non pas !

Ayant à peine dépassé la trentaine, pas trop mal bâti, de taille moyenne, le corps un peu épais quoique d'assez bonne tournure, la figure colorée, presque toujours épanouie par un gros sourire, ayant ainsi l'agréable aspect d'un bon jeune homme enjoué, d'un vrai sans-souci à la conscience tranquille, Ruffin du Vivier était la plus franche canaille que Paris recélât sur la vieille enceinte de ses boulevards extérieurs.

Une canaille à froid, calme et goguenarde.

Il avait fait tous les métiers, même les pires, et traversé les situations les plus diverses.

Tantôt le gousset bien garni, vêtu à la dernière mode, portant l

...salon blanc étoilé de larges boutons d'or; il se faufilait dans les cercles élégants dont sa carte armoriée et son nom à particule lui ouvraient facilement les portes. Joueur effréné, il y laissait bientôt toutes ses plumes.

Il prenait sa revanche, en se procurant discrètement l'adresse de ses trop heureux adversaires, en étudiant leurs habitudes et en pratiquant à leur domicile des rafles étonnantes de hardiesse et d'habileté.

Un coup de cambriolage, exécuté avec moins de succès, lui avait causé de grands ennuis.

Arrestations bruyantes, voyage au Dépôt de la Conciergerie, imprécations sur toutes les coutures, prévention à Mazas, dialogue humiliant avec le président d'une chambre correctionnelle, et finalement envoi pour six mois dans une cellule de la prison de la Santé.

Triste bilan d'une dernière campagne.

Sa vénérable mère, la veuve d'un ancien notaire des environs de Moulins, qui s'était dépouillée de tout pour satisfaire à ses incessantes demandes d'argent, n'avait pas résisté à ce dernier coup. Elle était morte de chagrin et de honte.

Lui, la mauvaise fortune ne l'abattait pas. Il semblait la narguer, au contraire, par sa mine toujours prospère, par son invariable bonne humeur.

Les longues réflexions faites en cellule ne l'avaient pas amendé. Loin de là. Il s'éloigna de la rue de la Santé, avec la ferme résolution de saisir aux cheveux la première occasion qui s'offrirait de faire fortune. Seulement, il se promettait de ne pas agir à la légère et de mettre dans son redoutable jeu toutes les chances d'impunité.

Ce fut sur ces entrefaites qu'il rencontra sur la plage de Trouville la jolie Geneviève.

Il prit ses renseignements, sut bientôt ce qu'il voulait savoir sur la situation de la baronne, la dot de la nièce, etc... Il dressa immédiatement ses batteries.

Une vieille douairière, dont il était le commensal, se trouvait quelque peu en relations avec Mme de Landerville. Le hasard des rencontres sur la plage facilita les présentations.

Rufin vint tenir compagnie à la baronne souvent seule tandis que sa nièce se livrait aux plaisirs du tennis avec les jeunes filles de son âge.

Il se fit captieux, insinuant, plein d'attentions réservées, enchérissant parfois sur de nobles sentiments.

Il déploya autour de Geneviève des trésors de stratégie amoureuse.

Quand sonna l'heure du départ à Paris, Ruffin fut autorisé à se présenter au retour, à la villa d'Auteuil.

Il se rappela fort à propos d'un vieil agent d'affaires peu scrupuleux, Honoré Thénard, qui tenait un vague cabinet sur le boulevard de Belleville.

Moyennant la promesse d'une forte commission, après le mariage, celui-ci fit disparaître par un habile truquage de sa façon, la déplorable mention qui figurait au casier judiciaire du sieur Ruffin.

Celui-ci devint par acte de naissance, savamment refaite, vicomte Ruffin du Vivier.

La baronne, faute d'un titre, aurait refusé tout honorable prétendant à la main de sa nièce, elle accepta celui-ci les yeux fermés.

Peu à peu Geneviève se laissa gagner.

Son petit cœur tout neuf était facile à prendre.

Elle finit par donner avec joie son consentement au mariage qu'il sollicitait.

Lorsque le jeune couple revint après un voyage de six mois, en Italie, s'installer chez la baronne qui leur avait aménagé un délicieux nid, dans sa villa d'Auteuil, du Vivier éprouva une amère surprise en voyant Hélène installée auprès de sa tante. On ne lui avait pas parlé de cette cousine de Geneviève.

Que venait faire cette intruse ?... Bien des fois, pendant tout le temps de sa cour, il avait songé avec une ardente convoitise à la for...

cine que le mariage poursuivi devait lui apporter, un million de
dot et au moins cinq millions d'espérances...

Et sa pensée avide planait sur ce rêve.

Mais si Geneviève n'était plus seule, elle valait moitié moins. Il
se trouvait frustré !... Et de suite, il prit en grippe la jeune fille que
bientôt il devait poursuivre d'une implacable haine, d'autant plus
redoutable qu'il lui fallait cacher son jeu.

Au contraire, la vicomtesse fut de suite attirée vers Hélène. En
moins d'un mois, elles devinrent amies.

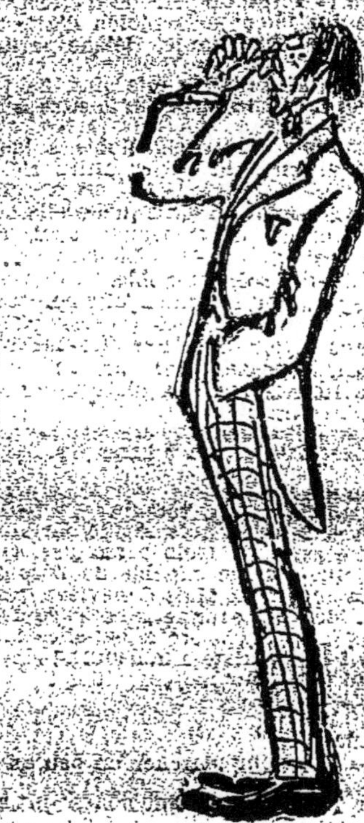

Maître Honoré Thénard (page 10).

Ruffin, lui, n'avait plus qu'un but. Se débarrasser de la gênante
personne. Mais Hélène, avec son buste opulent surmonté d'une tête
sculpturale, le fascinait.

Quelle piètre figure faisait Geneviève à côté d'elle, malgré tous ses
attraits de jolie blonde.

Un désir fou de la posséder s'empara de lui.

Il la voudrait !...

Il l'aurait !...

Il essaya d'une cour en règle. Hélène l'éconduisit vertement.

Ce fut pour la pauvre enfant un grand crève-cœur de constater que le mari de sa cousine qu'elle aimait chaque jour davantage n'était qu'un indigne personnage, sans scrupule et sans cœur.

Toutefois, elle garda le silence.

Le vicomte continuait à être très en faveur auprès de sa tante et de Justine.

Pendant quelques semaines, Ruffin se tint tranquille.

Elle crut qu'il était revenu à de meilleurs sentiments.

Elle se trompait.

Il revint à la charge, la poursuivant de ses déclarations enflammées, de ses protestations d'amour.

C'est alors que n'osant dire la vérité de peur de n'être pas écoutée par sa tante qui, en somme lui témoignait moins d'affection qu'à Geneviève qu'elle avait pour ainsi dire élevée, Hélène parla d'entrer au couvent.

La baronne poussa les hauts cris. Justine intervint. La jeune fille garda son secret et sa peine et n'insista pas pour mettre à exécution ce projet.

Un jour, sous le prétexte d'une œuvre charitable à laquelle devait collaborer Geneviève, le vicomte du Vivier attira Hélène dans un véritable guet-apens.

Au lieu d'une pauvre femme, au chevet de laquelle elle devait rencontrer sa cousine, ce fut Ruffin qu'elle trouva seul, dans une mansarde.

Il se passa entre elle et lui une scène terrible.

Elle put néanmoins se dégager et se sauva affolée, écœurée, la tête en feu !...

Dans la rue, elle courut sans savoir où elle se dirigeait.

Les passants se retournaient, la prenant pour une folle.

Enfin, au coin de la place Royale et de la place de la Concorde, elle s'arrêta, reprit ses sens, respira :

Elle avait besoin de repos.

Elle eut l'idée d'aller s'asseoir sur un banc de l'avenue des Champs-Elysées.

Longuement alors, elle songea.

Que dirait-elle en rentrant à la villa d'Auteuil. Allait-elle accuser le vicomte ?... Il nierait probablement. Et puis, si elle parlait, ce serait jeter la consternation dans le cœur de trois personnes. Que penseraient-elles ? Elle ne voyait que Justine capable de l'écouter, de la soutenir, de la défendre !... Et encore !... Mais Geneviève qui semblait si amoureuse de son mari ?... Mais la baronne si entichée de son indigne neveu qui la flattait sans cesse ?... la croiraient-elles ?...

— Oh ! comme la vie est bête et triste ! murmura-t-elle ! Et personne, personne pour me protéger, pour me conseiller !

Un nom lui vint aux lèvres :

— Georges !

C'était le prénom de son fiancé.

Elle sourit tristement et se leva pour marcher un peu afin de chasser ses sombres pensées.

A ce moment précis, par un de ces phénomènes qu'explique la télépathie, un jeune couple passa devant elle. La femme assez gentille, avait l'air un peu gauche de la provinciale qui ignore Paris, l'homme était grand, bien découplé, la barbe flavescente et les yeux bleus, un sourire aux lèvres.

En apercevant Hélène, il eut un geste vague de salut, comme s'il ne savait ce qu'il faisait, il passa rapide, en entraînant sa compagne.

Elle le reconnut.

C'était Georges !...

Georges, en voyage de noces, sans doute, avec sa jeune épouse.

Elle ne pouvait s'y tromper. Tout, dans l'allure du couple dénotait des nouveaux mariés.

Ah ! il n'avait pas été long à oublier et à se consoler. Elle, malgré la fortune en perspective, était plus isolée que jamais. Et de nouveau, elle répéta :

— Oh ! comme la vie est bête et triste !

Quelle idée folle surgit alors dans son cerveau, quelle aberration mentale la poussa ?... Elle ne s'en rendit jamais compte !...

Elle eut peur de rentrer à la villa d'Auteuil, elle ne vit qu'un échappatoire : le suicide !...

Elle courut se jeter dans la Seine.

Toute la nuit, les hôtes de la villa furent debout. Le vicomte en profita, sous prétexte de recherches, pour aller passer la nuit au cercle. Justine courut de tous côtés. Dès cinq heures du matin, elle put se procurer un journal. L'accident de la place de la Concorde était raconté dans un long fait-divers.

Elle eut de suite l'intuition que la noyée n'était autre qu'Hélène.

Elle courut à l'hôpital Beaujon.

On sait le reste.

Mais, si pour quitter l'hôpital, Hélène avait été courageuse, en route la peur la reprit. Elle répondit évasivement aux questions de sa nourrice. Une fièvre cérébrale se déclara, pendant huit jours, elle fut entre la vie et la mort. La convalescence fut longue.

A Justine et à Geneviève, elle confia que la rencontre de son fiancé lui avait troublé la raison.

La baronne ne lisait pas les journaux. Sa vue ne le lui permettait pas. Les deux femmes lui racontèrent une histoire d'étourdissement que le vicomte s'empressa de faire accepter. Il ne tenait pas à ce que l'on questionnât trop la malade.

Du reste, il se dispensa de l'importuner de sa présence.

Il avait un nouveau plan !

Furieux de se voir dédaigné, il voulait se venger.

Il combina en sourdine le projet de marier Hélène, mais de la marier à sa fantaisie.

Il commença pas styler secrètement Geneviève, puis Justine, puis la baronne.

— Ce n'est pas à moi, objectait-il, à lui conseiller le mariage. Je ne suis qu'un étranger pour elle, mais vous autres, vous êtes sa vraie famille, vous devriez la décider.

Les trois femmes mordirent à l'hameçon. Ce fut Justine qui commença l'attaque :

— Vois-tu, ma fille, lui dit-elle un jour, te voilà en pleine convalescence, il n'y a qu'un moyen de revenir à la santé définitivement !

— C'est ?

— C'est de te marier, parbleu !...

— Justine, tu n'y songes pas !

— Mais si !... D'abord tu rempliras le vœu de tout le monde, ici, celui de ta tante !...

— Et le mien, appuya Geneviève.

Ce dialogue se répétait avec des variantes plusieurs fois chaque jour.

— Ah !... fit Hélène dépitée et se débattant pour la centième fois dans ce même assaut qui finissait par user sa volonté, mais je n'aime personne, mais je ne vois personne à qui donner ma main.

— Madame la baronne, ajouta Justine, saura bien te trouver un mari digne de toi, un jeune homme bon, intelligent, honnête, que tu aimeras et qui te rendra heureuse.

— Mais oui, ma petite Hélène, soupira Geneviève.

— Oui, puisque vous l'exigez.

A la suite de ce consentement, le vicomte suggéra à la baronne l'idée étrange de demander à la publicité un mari sur mesure pour sa nièce.

— Nous nous réserverons, souligna-t-il, d'éplucher avec soin sa vie passée, ses papiers de famille, son éducation, son caractère.

En agissant ainsi, il avait deux raisons. La première c'était de ne pas éveiller de soupçons et surtout de toucher cinquante pour cent de la commission de 50.000 francs que donnerait la baronne à l'agent matrimonial. La seconde, c'est qu'il avait recommandé à Maître Honoré Thénard de trouver pour Hélène un décavé sans scrupules qui pourrait devenir leur associé pour dépouiller les nièces des mil trons de la baronne si malade, qu'au besoin on pourrait l'aider à passer de vie à trépas.

Le comte de Flamery tomba dans ce milieu comme un véritable messie attendu, désiré par tous, excepté par celle qui absorbait toutes ses pensées.

L'agent matrimonial s'était bien gardé de lui révéler que le vicomte Ruffin du Vivier était dans la confidence et que c'était lui qui avait choisi le cabinet d'affaires, transféré, en raison de la circonstance, du boulevard de Belleville à la rue de la Michodière.

Honoré Thénard était, en somme, un de ces nombreux agents de toutes sortes de besognes honnêtes ou louches, propres ou malpropres, qui pullulent dans la capitale.

Il couvrait facilement sa duplicité sous le masque d'un correct vieillard, aux allures parfaitement respectables.

Ruffin était allé aux renseignements.

Quand il apprit que Raoul avait croqué un million et demi en trois ans, il se frotta les mains et jugeant le comte d'après lui-même, il déclara :

— C'est évidemment l'homme qu'il nous faut !

Toutefois, il résolut, sur les conseils de Thénard, de ne pas brusquer les choses et de ne lui faire d'ouverture que lorsque le mariage serait un fait accompli.

La moindre tentative eût été une insigne maladresse.

Le comte de Flamery était positivement emballé. Les grands yeux noirs d'Hélène avaient de nouveau incendié son cœur. Cependant, il s'inquiétait du peu d'empressement de la jeune fille à répondre à ses avances. Aussi s'en ouvrit-il un jour à son ami Maurice Hercelin, l'artiste peintre dont il s'applaudissait d'avoir suivi les conseils.

— Je crois qu'Hélène m'accepte comme fiancé par raison, mais elle ne m'aime pas !...

— Tu ne veux pas qu'elle se jette à ton cou, comme cela, tout de suite.

— Non, mais je crois qu'elle me déteste.

— Allons, tu te crées des chimères. Ce n'est pas possible. A propos de quoi cette supposition ?

— Elle me fait toujours le plus froid accueil. Ses regards semblent me fuir, ou, lorsque je les rencontre, c'est pour voir une expression très nette d'indifférence ou de dédain. Ses lèvres se délient à peine pour jeter quelques mots dans l'entretien. C'est une énigme vivante qui me fait trembler, tu sais, le Sphynx antique et sa sommation menaçante : « Devine, ou je te dévore. »

— Alors, persévère, mon bon. Tu connais le vieil adage militaire : place assiégée, place prise.

De même que Raoul entretenait son ami des moindres incidents qui se produisaient au cours de ses visites à l'hôtel de l'avenue Victor-Hugo, de même il prenait plaisir à faire quelquefois dans le salon de la baronne de Landerville, les plus grands éloges de Maurice Hercelin, un noble cœur, un artiste du plus bel avenir.

— Mais c'est un jeune homme charmant que votre ami, lui dit un soir la baronne. Il faut nous l'amener.

Raoul ne se fit pas répéter l'invitation. Il pria Maurice de l'accompagner.

Celui-ci se laissa faire. Non que la perspective d'endosser le soir un habit et d'aller s'asseoir, pendant deux heures, dans un salon, en amateur désintéressé, eût le moindre attrait pour lui. Mais il pensait pouvoir servir la cause de Raoul.

Ce motif le décida.

Dès la première soirée, il charma la vieille baronne ainsi que Geneviève par la rondeur et la simplicité de son allure.

Justine le trouva aussi de son goût.

Il ne tarda pas à devenir leur auxiliaire très actif dans la campagne entreprise contre l'inertie calculée d'Hélène.

Plus d'une fois dans la conversation, il sut placer adroitement de chaleureuses paroles à la louange de son ami. Il trouvait un écho facile dans son auditoire, une personne, hélas ! exceptée.

Du reste, la sincérité de l'affection qui existait entre ces deux hommes les faisait valoir l'un à l'autre.

Au lieu de s'affaiblir devant la froideur persistante d'Hélène, la passion de Raoul s'exacerbait.

Comme il dénonçait un jour avec amertume à son ami l'attitude presque hostile de la jeune fille, Maurice lui dit :

— Mais tu n'as qu'un mot à prononcer pour la vaincre et la conquérir.

— Comment cela ?

— Fais-lui connaître le nom de l'intrépide sauveteur à qui elle doit la vie.

— Moi, que je raconte mes prouesses, que je transforme un banal fait-divers en exploit méritoire, tu n'y penses pas, sans doute. Ce serait d'une fatuité ridicule.

— Eh bien ! je parlerai pour toi.

— Non, je m'y oppose.

— Si, laisse-moi faire. Je m'y prendrai de telle façon... Ne puis-je pas raconter le fait, par exemple, comme une belle action de ta vie, et c'en est bien une, sans avoir supposé qu'une personne présente ait été mêlée à ce drame en ajoutant au contraire, que la jeune fille sauvée des eaux est restée inconnue ?

— Non, ni cette version ni une autre. Je ne veux pas réclamer mon salaire.

— Diable ! te voilà plus que puritain.

— Et puis personne n'a jamais fait, dans cette famille, la moindre allusion à ce sombre événement. Ce n'est pas moi qui en évoquerai le souvenir. Je risquerais de jouer un rôle odieux autant qu'indiscret.

— Trop de scrupules. C'est dommage. Alors, que comptes-tu faire ?

— Je veux la vaincre, répliqua fièrement Raoul, la vaincre à force de dévouement et d'amour. La lutte contre ce cœur farouche m'exalte. Je la poursuivrai sans relâche. La conquête de ce cœur ce sera désormais le but de ma vie. La tâche en vaut la peine, puisque ce sera la conquête du bonheur.

— A la grâce de Dieu ! conclut Maurice.

Hélène ne put tenir longtemps contre une coalition de six personnes.

La baronne de Landerville lui déclara formellement un soir, après une visite des deux jeunes gens, qu'elle devait mettre sa main dans la main du parfait gentilhomme qui désirait l'avoir pour compagne.

Geneviève et Justine enchérirent sur les mérites du prétendant.

Elle se décida.

Pourtant, elle conservait une arrière-pensée.

Ce jeune homme si empressé, si attentionné serait-il le mari de ses rêves ? Elle en doutait.

Elle ne pouvait songer sans appréhension qu'il cachait peut-être sous des dehors aimables et séducteurs une âme aussi vile que celle du vicomte Ruffin du Vivier.

Sensitive, elle se repliait sur elle-même et contrairement à ce qui aurait dû se passer, elle n'avait aucun abandon familier ni même de demi-confidences avec lui.

Elle subissait la loi du mariage qui lui était imposée par reconnaissance pour sa tante, par peur aussi de se trouver de nouveau, si la baronne venait à lui manquer, en butte aux poursuites du mari de Geneviève. Mais elle se disait qu'en évitant un danger, elle courait peut-être à un autre... Elle tremblait !...

Deux jours avant la bénédiction nuptiale, le soir du mariage à la mairie, Ruffin faillit démasquer son jeu.

La baronne de Landerville avait voulu reconnaître à Raoul un apport de trois-cent mille francs de capital ou de dix mille livres de rente sur le million qu'elle donnait à sa nièce.

Hélène consultée, n'avait fait aucune opposition.

Mais Raoul s'y opposa de toutes ses forces.

Il refusa énergiquement le magnifique présent qu'on voulait lui faire et réclama le régime dotal dans sa plus stricte application.

Il ne se réservait rien en cas de survie ou de divorce.

La seule concession qu'on obtint de lui, ce fut qu'il encaisserait lui-même comme argent de poche, dix-mille francs par an sur les quarante-mille francs qui seraient servis au nouveau ménage. Il ne fut pas question, bien entendu, de cet arrangement au contrat.

Il ne fallait pas que le comte de Flamery fût obligé de demander de l'argent à sa femme, pour ses menus besoins.

La vieille baronne mit une aile de son hôtel à la disposition des jeunes mariés. Afin de rendre son offre plus tentante, elle avait garni de meubles précieux, de tapisseries, d'objets d'art, le coquet appartement situé au premier étage de ce pavillon, à côté de celui des époux du Vivier.

— Je vous ai fait un nid duveté, capitonné, leur dit-elle, pour que vous vous décidiez à l'habiter, à vivre ensemble près de moi. Je n'ai plus longtemps à jouir de votre compagnie. Ne m'abandonnez pas.

— Je vous le promets, ma tante, répondit Hélène.

— Et vous, mon neveu ?

— Ma fiancée a parlé pour elle et pour moi, ma chère tante, fit Raoul avec chaleur. Soyez persuadée, en tout cas, que je vous suis absolument dévoué.

Elle tendit un carnet de chèques au comte de Flamery.

Raoul le repoussa doucement.

— Donnez-le, dit-il, à madame la comtesse.

— Mais non, mon ami, observa Hélène, prenez-le, ce sera plus commode. D'ailleurs, les chèques sont en votre nom. Regardez.

Raoul ouvrit le carnet, feuilleta les mignons papiers à détacher, constata qu'ils portaient son nom... Il y en avait quatre, de quinze mille francs chacun. Ces nombres se totalisèrent d'eux-mêmes dans son cerveau .

— Soixante mille francs ! s'écria-t-il.

— Oui, mon cher enfant, dit la baronne souriante ! Trouvez-vous que ce n'est pas assez.

— Oh ! c'est trop, beaucoup trop. La moitié aurait suffi...

— Mais, non, mon neveu, mais non. Il faut que le comte et la comtesse de Flamery aient de quoi faire bonne figure dans le monde et puissent dépenser, sans compter. Allez, tout ce que je vous demande en retour, c'est que vous soyez heureux l'un par l'autre et que vous me reveniez enchantés de votre voyage, ayant réalisé le rêve de bonheur que je forme pour vous, le beau rêve de la chanson d'Eviradnus.

— De la poésie, baronne !...

— Sans doute, de la poésie, puisque vous êtes la jeunesse, le printemps, l'amour.

Justine, qui assistait, la bouche bée à cette conversation, n'en croyait pas ses oreilles.

Eh quoi ! c'était sa vieille grognon de maîtresse qui s'exprimait de la sorte !

— Allons, murmura-t-elle, M. Raoul fait des miracles. Il a révolutionné la baronne.

Lorsque le vicomte apprit ces faits, il en fût étrangement surpris :

— Diable, est-ce qu'il a parlé sérieusement ou cache-t-il son jeu, se demanda-t-il. Bah ! j'en aurai avant peu le cœur net.

La baronne avait réuni à sa table, en l'honneur d'Hélène et de Raoul, à cette occasion du mariage civil qui n'était en somme pour elle qu'un préliminaire, les témoins, parmi lesquels se trouvaient Maurice Hercelin et aussi le vicomte et la vicomtesse du Vivier.

Ruffin s'oublia sur la fin de la soirée.

Il absorba coup sur coup deux verres de chartreuse, qui s'ajoutant aux vins déjà dégustés sans modération, achevèrent le désarroi de son cerveau. Maître Honoré Thénard n'était pas là pour le pousser du coude.

Il n'avait pourtant qu'une demi-ivresse, insuffisante pour le faire trébucher.

Mais c'en était assez pour lui faire commettre une intempérance de langage.

Un moment où il se trouvait seul avec Raoul :

— Tous mes compliments, mon cher cousin, lui dit-il, avec une volubilité de mauvais ton. Votre femme est superbe, ce soir, elle est adorable...

— C'est un grand bonheur pour moi, madame la baronne
(page 16).

— Mais elle est toujours comme ça, mon cher vicomte, interrompit froidement Raoul, étonné de la confidence, du geste et du débit de ce singulier plaisant qui l'appelait si promptement son cousin. La comtesse n'a rien changé, ce soir à ses habitudes.

— Ah ! vous êtes un veinard, vous, ajouta Ruffin, avec un gros rire et en accentuant son épithète d'une tape sur l'abdomen de

Celui-ci fit un mouvement instinctif de recul et, dissimulant sa surprise, toujours croissante :

— Un veinard, pourquoi ? répondit-il.

— Parce que vous avez la plus belle clique... vous vous êtes adjugé... la meilleure part... Je ne vous le reproche pas... oh ! non, croyez le bien... Je regrette de ne pas être à votre place, voilà tout !...

Les odieuses paroles, prononcées avec des hésitations et des hoquets, portèrent au comble la stupéfaction de Raoul. Il répliqua, indigné :

— Mais, vous ne pensez pas ce que vous dites !...

Devant l'attitude et le ton du mari d'Hélène, le faux vicomte comprit qu'il venait de commettre une forte gaffe. Il hâta de répondre :

— Non, non, c'est une plaisanterie... J'ai le cœur gai et... un brin de chartreuse aidant... Il faut bien rire un peu !...

— Un peu, oui, vous avez raison. Seulement, à l'avenir, je vous serai obligé de m'accorder une chose...

— Laquelle, mon cher cousin ?

— C'est de ne jamais mêler ma femme à vos plaisanteries, si fines qu'elles soient.

Et, sans attendre la réponse, Raoul agacé par cette nouvelle appellation de cousin, tourna le dos.

— Insipide personnage ! Homme mal élevé !... Un petit excès de boissons peut-être !... Sans cela, pauvre Geneviève ! pensait-il...

Absolument suffoqué, Ruffin resta un instant cloué sur place. Un éclair de rage brilla soudain dans ses yeux.

— Toi, mon petit, murmura-t-il, tu me paieras ça !... Et ça ne va pas tarder !... Attends un peu !... Il retourna s'asseoir auprès de la table où était servi le café et se versa un nouveau verre de chartreuse !...

. . . .

La cérémonie religieuse eut lieu, le mercredi suivant, à l'église Saint-Pierre de Chaillot.

Selon le désir d'Hélène, une pompe discrète encadra la cérémonie.

IV

Il avait été convenu que les nouveaux époux partiraient pour l'Italie, le soir même du mariage religieux.

Après le déjeuner tout intime à la villa d'Auteuil, Hélène venait de remonter seule, dans son appartement, afin de changer de toilette.

Elle s'apprêtait à sonner sa femme de chambre lorsqu'elle aperçut sur un guéridon de son cabinet de toilette, une lettre placée bien en vue et portant cette suscription :

Madame la Comtesse de Flamery

Personnelle.

Le pressentiment d'un malheur l'envahit aussitôt.

Un instant elle hésita à ouvrir, puis fébrilement elle décacheta l'enveloppe et en tira un papier vulgaire sur lequel ces mots étaient écrits d'une écriture grossière et vraisemblablement déguisée :

« Madame la Comtesse »

« Avant l'irréparable, prenez garde ! Le comte de Flamery est le type des joueurs, des débauchés. Il a mangé son patrimoine de deux millions et il est criblé de dettes.

« Ce qu'il veut de vous, c'est votre fortune qu'il dévorera comme la sienne. Vous ignorez sans doute qui l'a introduit dans l'hôtel de l'avenue Victor-Hugo ? Je vais vous le dire. Son introducteur est M. Honoré Thénard, qui tient, rue de la Michodière, 17, un bureau d'agence matrimoniale.

» Un ami dévoué. »

A cette révélation, un flot de sang empourpra les joues d'Hélène.

Une flamme de colère embrasa ses prunelles.

Sa main froissa, dans un geste de dégoût, le papier dénonciateur qu'elle venait de lâcher.

Indignée autant qu'irritée, elle se précipita vers la porte de sa chambre pour aller demander compte à sa tante, à sa nourrice, de l'avilissant procédé qu'elles avaient employé pour la faire comtesse.

Car, malgré l'anonymat de la lettre, elle ne doutait pas de la triste réalité de son contenu.

D'où venait-il ce comte de Flaméry, qui avait surgi brusquement devant elle ?

Jamais son nom n'avait été prononcé avant sa récente apparition dans le salon de Landerville.

Par qui avait-il été présenté ?

Par un louche personnage qui avait disparu dès le premier soir, auquel la baronne n'avait adressé aucune invitation et dont elle ne s'était plus préoccupée.

Pourquoi tant de dédain pour le protecteur, alors que toutes les prévenances couraient au-devant du protégé ?

On n'en use ainsi qu'envers les individus tarés, exerçant une profession peu avouable.

Oh ! quelle humiliation !... Pourquoi n'avait-elle pas suivi son premier mouvement. Refuser !...

Pourquoi n'était-elle pas entrée dans un couvent ?...

Pourquoi n'était-elle pas morte ?...

Eh bien oui, elle se dégagerait. Il y avait le divorce !... Elle ne subirait pas la honte d'un mariage cyniquement vénal !...

L'auteur de la lettre avait cent fois raison de l'avoir écrite, pour empêcher un acte irréparable, une monstruosité !

L'auteur de la lettre !...

Hélène frissonna de nouveau.

Une image sinistre s'était dressée dans son passé, celle du bandit qui osait encore lever ses yeux sur elle.

Qui avait écrit la dénonciation, sinon le vicomte, le mari de Geneviève ?...

Elle se laissa tomber sur un fauteuil, toute pantelante d'émotion. Son cerveau s'appesantit longuement sur la désastreuse nouvelle qu'elle venait d'apprendre.

Puis, l'orage de ses pensées se calma peu à peu.

Elle finit par excuser sa tante et sa bonne nourrice, qui dans leur empressement à lui trouver un parti, n'avaient pas eu le choix des moyens, et faute de relations mondaines, s'étaient adressées à une agence.

Elles n'avaient pas cru mal faire.

Et puis, les choses avaient bien tourné, il était incontestable que le comte de Flaméry était homme d'esprit et de cœur, qu'il avait une réelle distinction, une physionomie aimable et qu'en outre il paraissait l'aimer éperdument !...

Alors, si c'était une vengeance ?... une lâcheté du triste sire qui l'avait attirée jadis dans un guet-apens ?...

Mais si c'était vrai ?...

Oh ! quelle angoisse terrible !... quelle torture !...

Enfin, elle s'apaisa peu à peu...

— Je sais ce qu'il me reste à faire !... gémit-elle. Pas de scandale, ici non !... C'est quand nous serons tous les deux, seul à seul, que je lui parlerai..

Elle sonna sa femme de chambre, se laissa habiller et descendit en se composant un visage impénétrable.

Au contraire, elle fut jusqu'au soir exubérante de gaieté.

— Diable ! pensa Ruffin, est-ce que ça n'aurait pas mordu ?...

Dans la soirée, Hélène et Raoul prirent le train rapide qui brûle en treize heures le chemin de Paris à Marseille.

Le comte de Flaméry avait loué un coupé pour passer cette première nuit en tête-à-tête avec sa femme.

Durant la première heure, la conversation resta banale, heurtée, entrecoupée de silence. Hélène ne semblait pas l'encourager.

Elle demeurait pelotonnée dans le coin de la voiture où elle s'était blottie au moment du départ. Son corps, moulé dans le plus coquet costume de voyage, gardait l'immobilité du marbre.

Ses yeux, qu'elle tenait mi-clos, s'ouvraient de temps en temps avec une expression...

Assis en face d'elle, Raoul la couvait du regard. Il admirait passionnément la beauté de son visage, les contours gracieux de sa gorge et de ses hanches. Une envie folle le prenait de couvrir de baisers ces grands yeux qui l'avaient incendié, ces lèvres rouges plus désirables que le fruit le plus savoureux. Un sentiment de gêne le retenait.

L'attitude plus que réservée d'Hélène le clouait aussitôt sur la banquette, arrêtait les paroles sur ses lèvres.

Rompant un silence occasionné par une brève réponse de la jeune femme, Raoul lui dit avec une grande douceur dans la voix :

— Ma chère Hélène, qu'avez-vous ? C'est à peine si vous me répondez lorsque je vous parle. Vous avez l'esprit préoccupé, distrait...

— Non, je suis fatiguée.

— Je le comprends, une pareille journée ne va pas sans de fortes émotions. On éprouve un véritable surmenage physique et moral.

— Oui, oui, je crois que c'est cela.

— Seulement, quelle satisfaction, quel moment de délicieux repos, lorsqu'à la fin de la journée les deux nouveaux mariés se retrouvent seuls, l'un en face de l'autre, comme nous le sommes à présent, disposés à l'échange des plus intimes confidences.

Hélène frémit dans son coin. Elle sentait venir l'attaque. Comment l'écarter ?

— J'aurais une grâce à vous demander, fit-elle.

— Vous, une grâce, à moi... Nullement. Vous savez bien que tous vos désirs seront des ordres que je me ferai un plaisir d'exécuter.

— Bon. Voici un désir que je vous exprime. Je voudrais me reposer, j'en ai grand besoin...

— Il est neuf heures et demie à peine, et vous voulez déjà vous livrer au repos ?

— Oui, je succombe de sommeil.

— Oh ! écoutez-moi quelques instants encore. Ne me fermez pas si vite vos beaux yeux, et vos oreilles... Laissez-moi vous répéter Hélène, que je vous aime au delà de toute expression.

Un rayon dur passa dans les yeux de la jeune femme.

— Non, laissez-moi... Faites silence, dit-elle d'une voix presque impérieuse.

— Mais nous sommes seuls, ma bien-aimée... C'est le soir de notre mariage. Vous êtes ma femme chérie, mon trésor, mon bien...

— Je vous en prie, reprit Hélène effrayée de la fièvre qu'elle voyait dans l'accent, dans les regards de son compagnon, ne faites plus un mouvement, ne prononcez plus une parole... J'ai le corps brisé, la tête douloureuse... De grâce ! laissez-moi...

— Soit. Je me résigne, puisque vous l'exigez... Permettez-moi seulement de vous dire bonsoir.

— Volontiers.

Elle tendit d'elle-même, cette fois, la main droite, afin que le comte y déposât un baiser peu compromettant et qu'après cette marque de réciproque amitié, il se tînt immobile et coi.

Raoul se leva précipitamment et s'inclina pour baiser la main gantée.

Un subtil parfum qui s'exhalait de la peau de Suède acheva de le griser.

Et puis, était-ce bien là le seul tribut que son amour dût prélever, en pareil moment, dans ce huis clos emporté à toute vapeur, sur la femme adorée ?

Ses lèvres avaient soif d'autres caresses.

Abandonnant brusquement la main qui se retirait, il enlaça

le cou d'Hélène de ses bras, et ses lèvres chercheraient les yeux noirs et désirés, pour imprimer sur les paupières, sur les cils, sur les pourtours les plus brûlants baisers.

Hélène évita la première atteinte en baissant aussitôt la tête.

Mais, sentant toujours l'étreinte plus attirante des bras, la brûlure de l'haleine de l'homme sur son visage, elle le repoussa d'un geste désespéré.

— Ne me touchez pas, cria-t-elle, ou je tire la sonnette d'appel.

Cette bizarre menace tomba comme une douche sur le cerveau du comte de Flamery.

Il s'attendait à tout, excepté à cela.

L'attitude d'Hélène ne lui laissait aucun doute sur l'accomplissement de sa fantastique résolution.

Il se croisa les bras.

— Ne sonnez pas, dit-il, la voix calmée, presque railleuse. Le train s'arrêterait. Un agent de la Compagnie accourrait jusqu'à notre compartiment, et nous nous trouverions, vous et moi, dans la posture la plus ridicule. Car l'agent aurait à verbaliser. Il vous questionnerait tout d'abord, vous qui auriez jeté l'alarme. Que lui répondriez-vous ?

— Que vous importe ?

— En vérité, je ne sais trop ce que vous pourriez répondre. Mais il m'interrogerait à mon tour, et moi je ne pourrais que lui dire : Veuillez nous excuser monsieur l'agent. Vous avez devant vous deux jeunes mariés. Notre union a été bénie il y a dix heures à peine dans l'église Saint-Pierre-de-Chaillot, où le prêtre a reçu nos serments solennels de fidélité, d'obéissance et de mutuelle affection. Tout à l'heure, j'ai voulu embrasser sur ses yeux ma femme que j'adore. Elle s'est fâchée et précipitée sur la sonnette d'alarme. Un accès nerveux fort peu explicable, pas autre chose. Veuillez encore une fois recueillir nos excuses et les faire agréer par tous les voyageurs et surtout les voyageuses du train, que notre escapade a mis en retard de quelques minutes et jetés probablement dans la plus mortelle inquiétude.

— Vous maniez facilement l'ironie, monsieur.

— L'ironie madame. Non, en vérité, je n'ai pas le cœur à l'ironie. Je me sens trop accablé de tristesse. J'ai voulu seulement vous démontrer le danger et l'inutilité de la petite manœuvre à laquelle vous aviez failli vous livrer.

Hélène se blottit de nouveau dans l'encoignure du coupé, en tirant les plis de sa jupe qu'elle ramena de côté, contre ses hanches.

Elle abaissa ensuite sur son visage sa voilette de soie blanche, relevée jusqu'à ce moment sur le bord de son chapeau.

Puis, braquant sur son vis-à-vis ses deux yeux noirs, elle répondit d'une voix assurée :

— Oui, une explication est nécessaire, et vous l'aurez de ma part, aussi complète que vous pourrez la désirer.

— Oh ! Hélène, dit vivement Raoul, souvenez-vous que vous êtes ma femme, la comtesse de Flamery.

— C'est vrai, monsieur, réplique la jeune femme, railleuse, je suis la comtesse de Flamery, et j'ai lieu d'en être fière, car notre union s'est accomplie dans les conditions les plus honorables.

— Qu'est-ce à dire, madame ?

— Vous avez été présenté à l'hôtel de Lardenville par un vieillard qu'on n'a pas revu. Il connaissait ma tante, cet homme, et il s'est targué d'être votre ami. Est-ce qu'il est tombé malade, pour n'être pas revenu une seule fois avenue Victor-Hugo.

— Je ne sais, madame, fit Raoul interloqué, mais je puis vous assurer qu'il n'était pas mon ami.

— N'était-il pas ce qu'on appelle un courtier en mariage, un agent matrimonial, qui fait de la publicité dans les journaux, un individu qui a intérêt à négocier, c'est bien le mot, à négocier des mariages riches ?... Mais répondez donc, monsieur.

— Oui, je l'avoue ; mais comment savez-vous cela ?

— Voilà comment je suis devenue comtesse grâce à une annonce

A ce mot, Raoul, qui subissait un interrogatoire humiliant, un persiflage cru, releva la tête.

— Grâce à une annonce, dites-vous, s'exclama-t-il... Puisque vous connaissez tant de choses, vous devez savoir que je suis étranger à cette annonce. Il faut la reprocher, si vous voulez, à ses auteurs. Ce n'est pas moi qui l'ai fait publier.

— Non, mais vous en avez profité.

— Je vous jure, madame, que je ne suis pas l'homme cupide et vil que vous semblez croire. Ce qui m'a poussé vers vous, c'est l'amour que vous m'avez inspiré. Si j'ai sollicité votre main, c'est parce que votre image s'est incrustée dans mon cœur en traits ardents, ineffaçables. Ne croyez pas que votre dot ait exercé la moindre influence sur ma conduite... Vous me feriez gratuitement la plus cruelle injure.

— Alors il est fâcheux pour vous que votre amour ne se soit manifesté qu'au moment où il ne vous est rien resté de votre fortune.

— Oh ! Hélène, Hélène, que dites-vous là ?

— Vous avez voulu une explication loyale, entière ; je vous la donne.

— Eh bien ! soit. Répondez franchement à ma question. Pensez-vous que je vous aime ?

— Oui, monsieur, puisqu'il faut le dire.

— Et c'est même cette conviction qui m'a décidée à vous accepter pour mari.

— Ah ! merci. Je le savais bien que vous n'auriez pas épousé le malhonnête homme que vous flagelliez tout à l'heure. Vous m'avez réhabilité à vos yeux, vous m'avez rendu votre estime. Cela me suffit.

— Cela vous suffit, et à quoi, s'il vous plaît.

— Cela me suffit pour me réconcilier avec vous, avec moi-même, pour relever à nos yeux l'union que nous avons contractée, pour lui donner le plus noble caractère, pour fortifier un amour que vous avez agréé, pour m'engager enfin à vous en faire l'aveu en toute occasion le plus souvent possible.

— C'est ce que je ne veux pas.

Elle mit la tête à la portière.

Un spectacle effrayant et superbe sollicitait son attention.

Au vacarme du train avait succédé celui du tonnerre. La chaleur lourde de cette soirée de juin se révoltait en orage. Le ciel tirait à cette heure un véritable feu d'artifice d'éclairs, qui, zébrant les hauteurs de flammes éblouissantes, illuminaient une chevauchée éperdue de gros nuages noirs.

Déjà, quelques larges gouttes de pluie s'abattaient contre les parois du wagon.

Hélène tendit son front brûlant pour le rafraîchir à l'eau du ciel.

Mais la rafale accourait. Le vent, qui mugissait dans la campagne, courbait jusqu'à terre les arbres du canal, voisin de la gare. La pluie devint bientôt torrentielle, et força la jeune femme à se replier dans l'intérieur du compartiment.

Elle voulut relever le carreau de la portière, pour empêcher la pluie d'entrer et de cingler la figure de son compagnon de voyage, placé juste en face de l'orage. Elle fit un effort inutile.

— Laissez-moi faire, lui dit Raoul, qui se leva à côté d'elle et ferma jusqu'aux trois quarts le cadre vitré.

Dans ce mouvement, il y eut comme un multiple contact qui électrisa le jeune homme.

Le train avait repris sa marche.

Un incident vulgaire arrêta soudain Raoul dans un irrésistible élan qui l'emportait de nouveau vers sa femme.

Une brusque trépidation le fit osciller et retomber lourdement sur son siège. La jeune femme, prise d'un pressentiment, avait étendu les mains pour se préserver d'une chute aussi bien que d'une attaque.

— Vous êtes assis, c'est bien, écoutez-moi, dit-elle froidement.

C'en fut assez de la chute constatée par sa femme et du ton résolu de ses paroles, pour décontenancer le comte de Flamery.

Mais ses regards flambaient toujours. Il n'avait pas renoncé à son projet.

— Soit, répondit-il, je vous écoute.

Nous vivons depuis quelques heures dans un malentendu qui ne se serait pas produit si j'avais parlé, si je m'étais complètement expliquée. L'heure est venue de réparer cette négligence, de bien établir notre situation respective.

— J'avoue ne pas comprendre...

Geneviève (page 17).

— Je veux être sûre de votre loyauté, je veux être sûre de votre amour. Voilà donc la condition que je veux encore vous dicter. C'est que nous vivions ensemble, non pas comme mari et femme, mais comme deux amis, comme deux bons amis, c'est que je n'entendrai jamais tomber de vos lèvres des paroles affectueuses que celles que vous adresseriez à votre sœur, c'est qu'il ne sera jamais question entre nous de baisers, de tête-à-tête langoureux, et que toutes nos manifestations d'attachement se borneraient au shake-hand amical qu'on se donne matin et soir entre gens de bonne compagnie. Vous arriverez peut-être ainsi à me conquérir, je ne sais pas !... Lorsque j'aurai jugé l'épreuve suffisante, je vous ferai part de ma décision. Alors, je serai votre femme ou nous divorcerons !...

A la fin de cette tirade débitée par la jeune femme avec autant de fermeté que de franchise, le comte de Flamery était devenu affreusement pâle.

Il restait affaissé sur sa banquette, étourdi de ce qu'il entendait.

— Mais, vous me haïssez, madame ! murmura-t-il avec douleur.

— Non, je ne vous hais point, puisque je vous offre mon amitié loyale et sincère.

— C'est là votre langage, à vous, aujourd'hui !... Alors pourquoi vous êtes-vous mariée ?

— Parce que j'ignorais jusqu'à aujourd'hui comment vous étiez venu jusqu'à moi. Parce que je ne savais rien de votre vie passée. Parce que je voulais être aimée et aimer... Or, je ne vous aime pas !... Le mariage sans amour me fait peur.

Raoul reçut cette réponse comme un coup de cravache qui le fit bondir.

— Je sais pourquoi, s'écria-t-il.

— Que savez-vous, monsieur ?

— Vous ne pouvez m'aimer parce que vous en aimez un autre.

— Un autre !... Vous êtes fou.

— Ah ! vous ne valez pas mieux que la plupart des femmes, et je ne m'étonne plus de l'étrange programme que vous me traciez tout à l'heure. Votre cœur est encore plein de votre premier amour. Vous n'avez pas cessé d'aimer cet homme...

— Taisez-vous !... fit Hélène à son tour, le visage enflammé... Vous m'insultez lâchement, monsieur. Je n'ai pas à rougir de mon passé. J'ai eu un grand chagrin, la mort de mon père bien aimé, victime de la médisance et de la calomnie ; une grande déception, l'abandon d'un fiancé que j'aimais avec toute la ferveur de mes dix-huit ans. J'ai souffert au point de songer au suicide. J'ai espéré, comme me le faisaient entrevoir ma tante, ma nourrice, Geneviève même que le mariage m'apporterait la consolation, l'oubli, la joie... Il m'apporte une nouvelle désillusion !... Je m'aperçois que je ne puis vous aimer, mon cœur est mort !...

Raoul tressaillit. Il la voyait tout près de lui, visage à visage. Il la respirait pour ainsi dire.

Une nouvelle bouffée de désir le mit hors de lui-même.

— Non, votre cœur n'est pas mort, Hélène, fit-il d'une voix saccadée, je le ranimerai.

— J'en doute !...

— Si, si, je veux que vous m'aimiez, car il m'est impossible de concevoir désormais la vie sans votre amour. Oui, vous êtes ma femme adorée... Un baiser !... Oh ! un seul !

Ses bras s'abattirent sur les épaules de la jeune femme qui le repoussa avec énergie.

— Non !... non !... je vous le défends.

— Je vous en prie.

— Laissez-moi !...

— Hélène, je vous aime !...

— Ah ! moi, je vous hais !...

— Soit, j'aime mieux ta haine que ton indifférence.

Il la ressaisit avidement...

— Je vous échapperai jusque dans la mort.

En prononçant ces paroles, Hélène s'était dégagée des bras de son mari. Avec une promptitude inouïe, elle saisit la poignée de la portière, l'ouvrit et se précipita dans le vide.

Le train volait avec une vitesse de quatre-vingt kilomètres à l'heure.

Raoul s'élança sur la comtesse et la saisit par un bras à la seconde suprême.

Sa main droite se raidit autour du poignet de la jeune femme.

tandis que sa gauche se cramponnait nerveusement à l'embrasse en drap servant d'accoudoir à la porte du coupé.

Sa vigueur, en ce moment, était décuplée.

Elle imprima une secousse à son poignet pour le dégager.

Par un effort prodigieux, Raoul se rejeta dans l'intérieur de la voiture, entraînant et soulevant sa femme, qui roula presque évanouie sur le tapis.

Il l'y laissa tomber, eut un soupir de soulagement et ferma vivement la portière.

Il avait couru le même danger qu'elle, prêt à se précipiter à sa suite s'il ne la sauvait pas.

Hélène rouvrit aussitôt les yeux... Sans se rendre compte tout d'abord de la position qu'elle occupait, elle ressentit une vive douleur au poignet, broyé par la main de son mari.

— Vous m'avez fait mal, dit-elle avec un gémissement.

— Pardonnez-moi et relevez-vous, répondit le comte en voulant l'aider.

— Ne me touchez pas.

Il s'écarta tandis qu'elle se redressait encore toute palpitante de la terrible résolution prise, de la vision tragique de la mort.

— O Hélène, qu'avez-vous fait ? soupira le jeune comte. Et quel malheur est le mien si je vous inspire une pareille aversion ?

— Ce que j'ai fait, monsieur, je le referai, dans la même circonstance... à la moindre tentative de votre part... Mon parti est pris... Je vous somme maintenant de prendre le vôtre.

La comtesse de Flamery tremblait en prononçant ces paroles. Son exaltation n'était pas encore tombée.

Allait-il donc courber le front sous les volontés insensées, sous les caprices dérisoires de cette jeune femme ? Abandonnerait-il ainsi tous ses droits de mari et d'amant ? A quel rôle humiliant voulait-elle le réduire ?

La rupture, une rupture immédiate et complète, ne valait-elle pas mieux pour tous les deux, pour son repos à elle, pour sa dignité à lui ?... Mais la rupture, c'est la séparation, l'existence sans elle, la déroute de toutes ses espérances, la ruine de son bonheur. Tandis que la soumission, si intolérable fût-elle, comportait la communauté de la vie.

Il jouirait au moins de sa présence, de sa conversation, parfois de son sourire.

Et qui sait ?

Il entamerait la lutte, une lutte courtoise et fière, ouverte et dérobée, non la lutte pour la vie, mais la lutte pour l'amour.

— J'attends votre réponse, monsieur.

Tiré de ses réflexions par ce rappel de sa femme, Raoul répondit d'un ton résolu :

— Je m'avoue vaincu, madame, j'accepte toutes vos conditions.

— Sans réserve ?

— Sans réserve, aucune. Le programme que vous avez tracé tout à l'heure, je l'adopte en entier, sans restriction. Vous pouvez être tranquille, je ne vous importunerai jamais de mes regards, ni de mes soupirs, encore moins de mes serments d'amour. Je condamne mon cœur à la diète absolue et je ne réclamerai même jamais la modeste privauté d'un baiser furtif sur le bout de vos doigts. Jamais, oh ! non, jamais, je ne m'exposerai à revivre la minute horrible que nous venons de passer ensemble. Oubliez-la comme je l'oublierai moi-même. A partir de cette nuit, vous pouvez regarder le comte de Flamery comme un frère, mais comme un frère respectueux et dévoué, prêt à céder à tous vos désirs. J'en prends l'engagement solennel. Me croyez-vous, madame ?

— Oui, je vous crois, fit Hélène, rassérénée.

— Nous serons, comme vous le voulez, deux compagnons de voyage à travers l'espace. Nous serons deux amis, c'est vous qui avez prononcé le mot, et vous le maintenez avec moi, n'est-ce pas ?

— Oui, deux amis.

Deux amis fidèles, inséparables, donnant au monde l'illusion d'un autre lien, d'une autre affection. Car il nous faudra bien quelquefois mentir à nous-mêmes, surtout dans le salon ou la salle à manger de votre tante, surtout devant la bonne Justine ou devant l'espiègle Geneviève, en prenant certains airs d'intimité que nous quitterons à notre aise et qui ne nous engageront à rien. Est-ce ainsi que vous l'entendez ?

— Oui, c'est bien ainsi.

— Alors, pacte conclu ?

— Signé et paraphé.

— Et maintenant je vois que vous êtes accablée de fatigue. Étendez-vous avec confiance sur la banquette, et dormez. Votre ami veille sur vous.

Il était une heure du matin environ.

Hélène n'hésita pas à profiter de l'invitation de son mari.

Elle jeta sur ses épaules un manteau de voyage dans lequel elle s'enroula. Puis, harassée de fatigue, les membres moulus par toutes les émotions de la journée et de la nuit, elle s'étendit bravement sur la banquette capitonnée, où elle ferma les yeux, en murmurant à demi-voix :

— Merci.

C'est ainsi que le comte et la comtesse de Flamery passèrent leur première nuit de noces.

V

Sur la demande d'Hélène, le comte de Flamery reprit prématurément avec elle la route de France.

Malgré les puissantes distractions que l'Italie offrait à leurs âmes éprises d'art et de curiosités historiques, leurs excursions les mettaient en perpétuel tête à tête et ne faisaient qu'accroître le sentiment de contrainte qui régnait entre eux.

Une politesse toujours exquise, mais pas de confidences prolongées. Des prévenances courtoises, mais jamais de causeries familières, encore moins d'expansions.

Il arrivait parfois que les paroles expiraient subitement sur leurs lèvres.

Ils étaient malheureux tous les deux, lui de son amour refoulé que le contact incessant de la femme aimée transformait en véritable torture, elle de sa fausse position en compagnie d'un parfait gentilhomme qui était son mari sans l'être, des continuelles méprises que suscitait une telle situation, du rôle énervant qu'elle qui imposait de la première à la dernière heure de chaque jour.

Elle prétexta les fatigues du pénible et long voyage et son vif désir de rentrer à Paris.

Au plaisir bien doux de retrouver tous ensemble autour de la bonne Yep, ta vénérée baronne de Landerville.

— N'est-ce pas votre avis ? conclut Hélène.

— Puisque c'est le vôtre, j'en fais le mien, opina galamment Raoul.

Ils revinrent à Paris, dans les premiers jours de septembre.

Lorsqu'ils furent descendus sur le quai de la gare de Lyon, ils se sentirent soulagés, l'un et l'autre, d'un grand poids. Ce voyage de retour les avait tenus si longtemps enfermés tous les deux dans une cellule capitonnée.

Geneviève les attendait à la gare en compagnie de son mari.

Elle sauta au cou d'Hélène, tendit son front à Raoul. Le vicomte Buffin du Vivier fit très bonne contenance. De cordiales poignées de mains furent échangées.

On fêta joyeusement, à l'hôtel de l'avenue Victor-Hugo, le retour des deux pigeons voyageurs.

La baronne de Landerville, que l'on adulait à la ronde, décla-

Helene

qu'elle était la plus heureuse des tantes. Justine Fromont versa des larmes de joie.

Ruffin s'efforçait assez adroitement de gagner les bonnes grâces du comte de Flamery, tandis que Geneviève prenant sa cousine à part, la harcelait de questions dans le genre de celle-ci :

— Eh bien ! es-tu contente d'être mariée ?

— Sans doute, répondait Hélène !

— Je suis sûre que ton mari t'adore...

— Dame !... C'est son devoir.

— Et toi, tu l'aimes passionnément aussi, n'est-ce pas, grande sœurette ?

— Petite curieuse, je ne te répondrai pas !...

Les deux couples avaient chacun pour appartement le premier étage d'un des deux pavillons qui flanquaient l'hôtel à droite et à gauche, et la moitié des chambres du bâtiment central.

Il n'existait, du reste, aucune séparation entre ces deux appartements, auxquels accédaient un grand escalier et deux escaliers de service. Une galerie ménagée sur le derrière du bâtiment central communiquait d'un pavillon à l'autre.

Le comte et la comtesse de Flamery habitaient l'aile gauche, le vicomte et la vicomtesse du Vivier l'aile droite

A droite comme à gauche, chacun des époux avait sa chambre séparée.

Dès le premier soir, surtout après la rapide conversation qu'il avait eue avec celui qui l'appelait son cher cousin, Raoul se promit bien de prolonger le moins longtemps possible cette promiscuité gênante et de chercher bientôt, avec l'agrément de la comtesse, un logis clair et riant dans un autre quartier.

Il y avait aussi à convertir à ce projet la baronne de Landerville.

Car la vénérable dame vivait en joie à présent. Elle était enchantée et fière d'abriter sous son toit deux couples aussi blasonnés, aussi pimpants de jeunesse, aussi décorés de titres nobiliaires, et qui feraient souche autour d'elle de petits comtes et de petites vicomtesses.

L'harmonie la plus parfaite régnerait dans sa maison.

Et puis, l'on y respirerait un autre air. On n'entendrait plus que des : Madame la baronne, Monsieur le vicomte, Madame la comtesse... Ce serait exquis, talon rouge, perruque poudrée... Un petit Versailles, quoi !...

Et la baronne, à cette vision, laissait échapper un rire perlé, tout en faisant des mines derrière son éventail.

Elle nageait dans une béatitude.

Comment s'y prendre pour émigrer de l'hôtel sans froisser trop durement les frêles idées de la fantasque baronne ?

Le comte de Flamery résolut d'attendre et de profiter du premier incident propice.

Raoul battait froid à du Vivier, tout en gardant vis-à-vis de lui l'attitude la plus correcte.

Il n'y avait pas de pénétration entre eux.

Le faux vicomte sentait le regard dédaigneux de Raoul qui le suivait, qui le scrutait sans cesse. Il s'imaginait du moins qu'il était observé, trop observé. La peur le portait à grossir les gestes, à exagérer les intentions d'autrui.

Ce jeune homme, dans lequel il devinait tout de suite un adversaire dangereux, il le redoutait ; il commençait à le haïr, il reconnaissait la nécessité de l'évincer au plus vite.

Par quel moyen ?

Il trouva et rejeta vingt expédients divers.

Puis, un soir un trait de lumière dissipa toutes les obscurités de son cerveau.

Il venait de reconduire Geneviève dans sa chambre. Il prenait congé d'elle en déposant un baiser hypocrite sur son front, lorsqu'elle lui dit :

— Sonnez donc la femme de chambre, mon ami pour qu'elle em-

porte ces fleurs... Elles sentent trop fort... Cela me porte à la tête...
Et puis, ce n'est pas prudent dans une chambre à coucher.

Elle désignait deux beaux bouquets de lis et de marguerites, posés
dans des potiches japonaises, sur la cheminée de sa chambre.

Ruffin arrondit les yeux et demeura comme hypnotisé en regardant les potiches :

— C'est vrai, répéta-t-il lentement, ce n'est pas prudent... des
fleurs... dans une chambre...

— Eh bien !... vous avez l'air de dormir, vicomte, et même à
parler en dormant... Sonnez donc !

— Avec plaisir, chère amie.

Du Vivier était revenu à lui-même et avait sonné. La camériste
accourut et enleva les fleurs.

Aussitôt, au lieu de regagner sa chambre, Ruffin descendit dans la
rue, héla un fiacre et se fit déposer devant un café, avenue de la
Grande-Armée.

C'est là qu'il avait rendez-vous permanent avec Honoré Thénard,
là qu'ils devaient se rencontrer, de onze heures du soir à une heure
du matin, pour tenir leurs mystérieux conciliabules.

Depuis quelques jours, le faux vicomte ne se gênait plus pour
déserter, de nuit, le toit conjugal. Geneviève l'ignorait encore. Il
se réservait de le lui apprendre en motivant ses sorties nocturnes sur
la reprise de ses anciennes relations du cercle, sur les obligations
pénibles qu'il avait à remplir. Sur son ordre, la camériste gardait le
silence.

Thénard attendait son ami, au café, à la place habituelle.

Il fumait de blonds favoritos, en collectionnant des soucoupes de
bière qui s'étageaient sur la table de marbre.

Ruffin se hâta vers lui.

— Je tiens l'affaire, lui dit-il à voix basse, en lui serrant la main.

— Ah ! ce n'est pas trop tôt. Tu as trouvé un moyen sûr, bien
combiné ?

— Tout ce qu'il y a de chouette.

— Je t'écoute !

— Nous ne pouvons, en aucune façon, compter sur le mari d'Hélène. Nous nous sommes trompés. Ce fêtard est un homme à principes.
Il ne voudra pas nous aider à soulager les deux cousines de leurs
millions. Il faut donc se passer de lui. D'un autre côté, la baronne
n'est pas d'une santé à durer longtemps. On peut même lui procurer
l'émotion qui lui permettra de passer subitement de vie à trépas.

— Par un crime ?...

— Non, par un accident... la mort d'Hélène.

— Je ne comprends pas.

— Tu vas comprendre. Si Hélène disparaît, Geneviève hérite
seule, puisque le Raoul ne s'est rien réservé en cas de survie. Nous
aurons donc la partie belle. Or, j'ai trouvé le moyen de faire disparaître la comtesse, sans agression, sans une goutte de sang, avec
une gerbe de fleurs.

— Si tu veux rire, mon cher, il faut attendre un peu. Ce n'est pas
le moment. Tu sais que je n'aime pas que l'on se paie ma tête.

— Je suis très sérieux. Tu n'ignores pas qu'en allumant dans une
pièce bien calfeutrée, un simple réchaud de charbon, on se donne
la mort aussi sûrement que si l'on se jetait du haut de la tour Eiffel.

— Sans doute, et puis ?...

— Eh bien, mon vieux, une gerbe de fleurs laissée dans une chambre, asphyxie les gens avec autant de promptitude qu'un réchaud
de charbon.

— Compris, les fleurs c'est le charbon aristocratique, tandis que
le charbon, c'est le bouquet... du charbonnier et du miséreux.

— Si tu veux.

— Quel est le plan ?

— Oh ! Très simple. Dans dix jours, il y aura grand gala le soir à
l'hôtel de l'avenue Victor-Hugo, à l'occasion de l'anniversaire de la
naissance de la belle comtesse de Flamery. Nous aurons même des
invités, chose extraordinaire. On mangera bien, on boira mieux.

A lui, Ruffin, la place de maître de la maison, à lui l'hôtel de Landerville, à lui les millions, à lui tout l'héritage.

Il pouvait, en effet, entonner dans son for intérieur ce chant de
victoire, car ses instructions avaient été suivies de point en point.

A dix heures moins quelques minutes, une voiture s'était arrêtée devant le numéro 37 de l'avenue Victor-Hugo. Une jeune femme
en descendit, chargée de deux énormes bouquets qu'elle avait peine
à porter.

Sur sa demande, le concierge l'avait mise en présence de la femme
de chambre de la comtesse Hélène.

— Voici deux bouquets, lui dit-elle, pour Mme la comtesse. De la
part de son mari, qui m'a remis lui-même sa carte.

— Ne me touchez pas ou je tire la sonnette d'alarme (p. 29).

La modiste plaça la carte du comte sous les yeux de Léonie, et
continua :

— M. le comte est venu les commander aujourd'hui au magasin,
où je suis première vendeuse, le plus beau magasin de fleurs de Paris, boulevard des Capucines. C'est une surprise qu'il veut faire à
Mme la comtesse, à l'occasion de sa fête, paraît-il.

— Oui, c'est la fête de Madame, l'anniversaire de sa naissance.

— Il a choisi lui-même les fleurs, lis, roses-thé, marguerites.

— Pas d'orchidées ?

— Pour ce soir, non. Mais, demain, je dois apporter deux magni-
fiques corbeilles d'orchidées... Un caprice de grand seigneur, sans
doute. Il m'a bien recommandé de ne venir qu'à dix heures, afin de
n'être vue de personne, et de monter les deux bouquets très discrètement avec vous dans la chambre à coucher de Mme la comtesse.

— Donnez-les-moi, dit Léonie, qui n'avait aucune raison de suspecter la bonne foi de la fausse bouquetière, dont les confidences, au contraire, s'imposaient naturellement à son esprit.

— Prenez-en toujours un, répliqua Eulalie, esquivant l'invitation, je porterai l'autre... Ils sont très lourds, comme vous pouvez en juger, et j'ai les bras rompus.

— En effet, quel poids ! fit la cameriste en s'emparant d'un bouquet.

— Je voudrais, si vous le permettez, les disposer moi-même à l'endroit que nous choisirons.

— Venez.

La femme de chambre ouvrit la marche.

Elles montèrent rapidement l'escalier central.

Arrivée dans la chambre à coucher, après une rapide inspection de la pièce, la bouquetière déclara :

— Il n'y a que la cheminée qui nous offre la place. Les bouquets y seront très bien. Seulement, je ne vois pas de vases. En avez-vous quelque part ?

— Oui, dans le petit salon à côté.

— Dépêchez-vous, car je ne voudrais, pour rien au monde, être surprise. M. le comte serait trop fâché.

Dès que la femme de chambre eut disparu, elle tira de deux poches profondes qu'elle avait sous sa jupe, des fleurs, des fleurs et encore des fleurs, par paquets, à pleines mains, qu'elle jeta sous le lit de la comtesse de Flamery.

Elle en tira d'un sac volumineux enroulé autour de sa taille et parfaitement dissimulé sous son manteau.

Toutes les fleurs aux parfums pénétrants et subtils, lis aux grands calices blancs, daturas aux blanches clochettes, tubéreuses aux grappes de neige, roses-thé, boutons d'oranger, œillets et giroflées versicolores

Elle en joncha le parquet en repoussant du pied toute corolle, tout pétale, tombés sur le tapis.

Un peu essoufflée, elle avait tout vidé lorsque la femme de chambre reparut avec deux beaux vases en porcelaine de Chine, enluminés, rouge, vert et or.

— C'est parfaitement cela, observa tout de suite Eulalie, qui avait hâte d'en finir et de fuir l'hôtel.

En un tour de main, les deux bouquets se dressèrent dans les vases qui encadraient une merveilleuse pendule Louis XV, placée au milieu de la cheminée. La modiste fit semblant de les arranger en donnant quelques chiquenaudes par-ci par-là :

— Là, ça va bien, n'est-ce pas ? dit-elle en s'adressant à la femme de chambre.

— Oui, mademoiselle, très bien.

— Bonsoir, mademoiselle, à demain. Je vous apporterai les orchidées dans l'après-midi. Ayez la bonté de montrer le chemin.

Les deux femmes descendirent l'escalier.

Vers onze heures, après le départ des invités, chacun des deux maris s'arrêta sur le seuil de la chambre de sa femme.

Ruffin du Vivier se contentait, pour toute caresse, de lui baiser la main chaque soir, après dîner. Geneviève faisait la moue, trouvant que c'était maigre mais elle n'avait pas encore osé s'en plaindre.

Ce soir-là, le faux vicomte répéta son hypocrite comédie, et le cigare aux lèvres, gagna précipitamment l'avenue.

De son côté, le comte de Flamery escorta fidèlement, comme il le faisait chaque soir, la comtesse, sa femme, jusqu'à la porte de sa chambre.

C'était pour lui un bonheur et une souffrance. Il marchait dans son sillage, il en respirait le parfum favori, il en admirait les formes adorables... et il lui prenait des envies folles de jeter ses bras autour de cette taille voluptueuse, de coller ses lèvres sur ces épaules frissonnantes, comme il avait tenté de le faire dans le coupé du train.

Mais il se raidissait contre lui-même.

Il se morigénait âprement de la lâcheté de son cœur, et la comtèsse Hélène n'avait à côté d'elle que le plus respectueux des maris.

Était-ce bien là ce qu'elle voulait encore.

Oui, certes.

Il n'aurait pas fallu que Raoul fit un pas ou un geste de trop, qu'il cherchât à s'émanciper. Hélène l'aurait aussitôt repoussé, remis dédaigneusement à sa place.

Et, pourtant, elle était revenue un peu sur son compte, depuis trois mois qu'ils étaient mariés, trois mois de fréquentation quotidienne. Le bloc de glace qu'elle avait dans la poitrine commençait à se dégeler.

Elle avait reconnu insensiblement combien cet homme avait l'esprit élevé, le caractère droit, le cœur généreux. Elle le tenait maintenant en haute estime, et, lorsqu'elle le regardait à la dérobée, soit à table, soit à la promenade, elle le trouvait distingué d'allure, avec une belle tête bien virile, d'autant plus qu'il tranchait hardiment avec la vulgarité de port et de langage du pauvre sire du Vivier.

Parfois, même, elle remarquait sa réserve et sa froideur.

Non pas qu'elle eût été peut-être moins irritée d'avoir à soutenir de nouveau la lutte... au moins encore une fois... pour rompre la monotonie de cette existence à deux, si vide, et qui ressemblait plutôt à une double solitude.

Une évolution irréfléchie se faisait peu à peu dans l'esprit d'Hélène.

Sous les prévenances et les attentions incessantes dont elle était l'objet de la part de son mari, l'ancienne blessure se cicatrisait. Le cœur de la jeune femme, si douloureusement ulcéré, ne saignait plus. Il était prêt à palpiter d'une vie nouvelle.

Le rapprochement de ces deux êtres si beaux, si bien faits l'un pour l'autre, était à la merci d'un incident qui pouvait se produire dans un laps de temps très court, dans une heure peut-être.

Mais lequel des deux ferait le premier pas ?

Raoul était bien décidé à tenir l'engagement solennel qu'il avait pris à la suite de la terrible scène du chemin de fer. Bien que les paroles d'amour lui montassent souvent aux lèvres, jamais il n'en exhalerait la première syllabe.

Cette femme qu'il adorait l'avait trop profondément meurtri. Elle avait repoussé ses caresses avec trop d'horreur, préférant même la mort la plus affreuse à l'acceptation d'un baiser.

Ce qu'il voulait, c'était qu'à la longue l'orgueilleuse Hélène reconnût ses torts, abandonnât la lutte, s'avouât vaincue.

Elle n'en était pas là.

Et pourtant, cette statue de marbre commençait à s'animer, comme la Galathée antique.

Dans cette soirée de fête, elle s'était sentie moins isolée à côté de son mari.

L'allégresse qui régnait sur tous les fronts s'était infiltrée goutte à goutte jusque dans son âme et l'avait attendrie.

En montant l'escalier, elle entendait derrière elle le pas de son mari, et elle eût été peinée qu'il ne l'eût pas accompagnée, comme d'habitude jusqu'à sa porte.

Arrivée au seuil de sa chambre, elle s'arrêta, prise d'un besoin de causerie

— Vous n'êtes pas fatiguée ?

— Si, un peu... Tout ce brouhaha de la soirée, le défilé des compliments, deux verres de champagne... J'ai la tête un peu lourde.

— Avez-vous besoin de quelque chose ?

— Non, non, vraiment. Bonsoir.

En jetant cette parole d'adieu, Hélène étendit sa main renversée dans la direction de Raoul.

Celui-ci s'inclina sans prendre la main.

— Bonne nuit, répondit-il.

Et il fit demi-tour pour s'éloigner.

— Pardon, monsieur, reprit Hélène dépitée. A l'occasion de ma fête, je vous offre ma main à baiser. Ne la voyez-vous pas ?

— C'est moi qui vous demande pardon, madame, et puisque vous le permettez...

Il prit aussitôt la main tendue qu'il effleura du bout des lèvres et, la laissant retomber, il salua de nouveau en disant :

— Je vais fumer un cigare dans le jardin.

En passant, je préviendrai Léonie que vous l'attendez.

Il s'engagea dans l'escalier.

Hélène, nerveuse, ouvrit vivement sa porte. Un violent parfum où l'odeur du lys dominait la suffoqua. Elle aperçut les deux gigantesques bouquets posés sur la cheminée dans les vases de Chine.

— Léonie, Léonie, cria-t-elle.

— Me voici, madame, répondit la camériste en surgissant dans le couloir.

— C'est une horreur, ma fille, c'est une folie.

— Que madame m'explique...

— Ces fleurs !... Ces fleurs, d'où viennent-elles.

— C'est monsieur le comte qui les a envoyées pour parer la chambre de madame la comtesse.

— Dans ma chambre à coucher... toutes ces fleurs... monsieur n'y songe pas... Vite, emportez-les dans le salon et revenez ouvrir la fenêtre pour renouveler l'air... Oh ! quelle idée singulière !

Léonie s'empressa d'exécuter les ordres de sa maîtresse.

Les bouquets enlevés, elle établit un courant d'air entre la fenêtre et la porte ouvertes toutes grandes.

Un vent froid qui soufflait dehors balaya les émanations florales qu'il trouva sur sa route. Par surcroît, il vint s'abattre sur les épaules nues de la comtesse qui se mit à grelotter.

La femme de chambre lui jeta un mantelet sur les épaules.

— Merci, dit Hélène. L'air est purifié maintenant. Fermez la fenêtre et laissez pourtant la porte encore ouverte. Vous me déshabillerez très vite. Je suis glacée.

Sa maîtresse une fois couchée, Léonie se retira en fermant sur elle la porte.

Dès que la chambre fut bien close, les lys, les tubéreuses, les fleurs d'oranger, les daturas, les roses-thé, toutes les corolles empoisonneuses se mirent à leur funèbre besogne.

Elles distillèrent à l'envi dans l'ombre les invisibles parcelles de leurs pétales. Elles enfermèrent un nuage qui, lentement, monta autour du lit et s'amassa peu à peu sur le radieux visage de la dormeuse pour lui verser la liqueur de l'éternel sommeil.

A l'autre extrémité du couloir, la vicomtesse Geneviève dormait, également seule dans sa chambre.

Elle eut un sommeil troublé, hanté de rêves. Vers quatre heures du matin, sous le coup d'une digestion pénible, elle se débattit contre un affreux cauchemar. Elle se réveilla en proie à une immense frayeur et d'un bond se jeta en bas du lit.

Elle courut d'abord à la chambre de son mari, qu'elle trouva déserte. Alors, elle traversa le couloir à toutes jambes et vint s'arrêter à la porte d'Hélène. Elle frappa du dehors, à coups précipités... Aucune voix ne répondit.

Sous la poussée de la terreur, au risque de blesser toutes les convenances, si le comte de Flamery était là, elle entrebâilla la porte et appela d'une voix saccadée :

— Hélène ! Hélène !...

Même silence dans la chambre.

Elle dit, plus haut :

— Hélène !... C'est moi, Geneviève !

Pas un murmure, pas un souffle.

Son effroi augmentant, elle poussa fébrilement la porte et regarda au fond de la chambre.

La veilleuse ne jetait plus qu'une lueur expirante.

Cela suffit à Geneviève pour distinguer tout de suite la chevelure de la comtesse formant une capricieuse tache noire sur la blancheur des oreillers. Aucune forme humaine à côté d'elle.

— Hélène ! Hélène !... cria de nouveau Geneviève, en s'élançant vers le lit.

N'obtenant pas de réponse, elle la saisit par l'épaule droite, qui émergeait des draps, et la secoua vivement pour la réveiller.

Ce fut en vain.

Alors seulement, elle s'aperçut de l'atmosphère étrangement parfumée de la chambre.

L'acuité des odeurs la prenait à la gorge.

L'air était irrespirable.

Elle se pencha sur le lit. Hélène était immobile, rigide, sans souffle.

— Ah ! mon Dieu ! s'écria Geneviève, on dirait qu'elle est morte.

Une épouvante nouvelle l'étreignit.

— Je tiens l'affaire (page 37).

Elle se précipita dans le couloir en criant :

— Au secours ! Au secours !

Elle descendit l'escalier et ses clameurs remplirent la maison.

— Hélène est morte ! Hélène est morte !

Tiré brusquement de son sommeil par ces appels désespérés, le comte de Flamery passa un pantalon et parut sur le palier. Il entendit distinctement la lugubre exclamation annonçant la mort d'Hélène.

Son cœur se glaça.

Il se rua comme un fou dans la chambre de sa femme. Il la vit inanimée.

— Hélène ! Hélène ! hurla-t-il.

Il la prit dans ses bras, sans provoquer aucun signe de vie. Un tel malheur était-il possible ?...

La violence des parfums répandus dans la pièce le fit tressaillir. Etait-ce cela ?

Il courut à la fenêtre, qu'il ouvrit avec rage.

Puis il se jeta de nouveau sur sa femme, qu'il enleva comme un enfant et emporta dans le couloir.

En ce moment, Justine Fromont accourait, suivie de Geneviève et de Léonie.

La gouvernante vit Hélène dans les bras du comte :

— Ma fille !.... Oh ! mon Dieu... ma fille ! Elle n'est pas morte, monsieur Raoul ? Oh ! dites-moi qu'elle n'est pas morte !...

— Ah ! ma pauvre Justine, nous sommes bien malheureux.

La voix de Raoul était rauque... coupée de sanglots... Les pleurs jaillirent de ses yeux.

Les trois femmes poussèrent ensemble de sourds gémissements.

— Mais ce n'est pas possible, reprit Justine... Dieu ne le permettrait pas.... Remportez-la sur son lit...

— Sur son lit ! répliqua le comte. Non, sa chambre est empoisonnée. Elle y a respiré la mort.

— Sur le mien, dit Geneviève. Venez.

Le comte de Flamery transporta sa femme dans la chambre de Geneviève et la posa sur le lit.

— Ouvrez la fenêtre, commanda-t-il. Il faut de l'air, de l'air.

Léonie exécuta l'ordre.

Raoul appliqua sa joue contre la bouche de sa femme, en même temps que ses mains tâtaient la place du pouls, sur l'artère du poignet gauche.

— Elle respire ! s'écria-t-il en relevant la tête. Mais si faiblement !... Un médecin, vite, courez chercher un médecin... Non, j'y cours moi-même... En attendant, soulevez un peu sa tête, et tamponnez ses tempes et sa poitrine avec de l'eau froide.

Il se précipita dehors sans prendre le temps de compléter son habillement.

Il connaissait l'adresse du médecin de la baronne, à deux cents mètres de l'hôtel de Landerville.

Il y courut d'une seule traite, sans reprendre haleine.

Reviendrait-il à temps avec le docteur ?

Il savait combien les ravages de l'asphyxie sont difficiles à arrêter et combien peu de personnes, tombées dans l'état de prostration où il avait laissé sa bien-aimée, sont rappelées à la vie.

Cette pensée lui donnait des ailes.

Sa bien-aimée ! Oh ! comme il l'adorait en effet !... Si elle succombait... pourrait-il lui survivre.

Il la revoyait pâle, inanimée, dans ses bras, tout à l'heure, telle qu'il se la rappelait, couchée sur le bateau de sauvetage, le jour où il l'avait arrachée aux eaux du fleuve, toujours adorablement belle aujourd'hui comme alors, dans la pâleur nacrée de son visage, dans l'abandon et la demi-nudité de son corps.

La destinée s'acharnait donc sur cette jeune femme, dont la vie n'était qu'une vie de douleur, dont la chair n'était qu'une chair à souffrance !...

Et son mauvais sort, elle le faisait partager à ceux qui auraient eu droit à tant de bonheur avec elle.

N'avait-il pas connu par elle les chagrins les plus cuisants ? Et pourtant, plus elle le faisait souffrir, et plus il la chérissait.

Mais il était une dernière souffrance qu'il ne voulait pas endurer, celle que lui causerait la perte de l'adorée.

Une souffrance intolérable, celle-là.

Il fallait la sauver, pour revivre avec elle.

Tandis que le comte et le médecin se hâtaient vers l'hôtel en poursuivant leur entretien à voix basse, une scène douloureuse se passait dans la chambre de Geneviève. Malgré les soins qu'on lui prodiguait, Hélène ne reprenait toujours pas ses sens. Geneviève la soutenait... Justine Fromont lui passait un morceau de toile, imbibé d'eau, sur le front, sur la gorge, sur les reins, pendant que la femme de chambre préparait une autre compresse. Toutes les trois versaient des torrents de larmes.

Tout à coup, la porte du couloir d'en bas se referma avec un bruit caractéristique. Les trois femmes tendirent l'oreille.

— Par ici, docteur, fit la voix de Raoul.

En même temps, le comte de Flamery parut devant la chambre de Geneviève où il pénétra à la suite du médecin.

Sans perdre une seconde, celui-ci marcha vers le lit, examina le visage de la moribonde, lui tâta le pouls et se mit en devoir de l'ausculter.

— Vous la sauverez, docteur, oh ! promettez-moi de la sauver.

— Je vous promets, monsieur le comte, d'y employer tous mes efforts, et j'espère, oui, j'espère bien réussir. Mais sa vie n'a tenu qu'à un fil et c'est un miracle qu'elle ne soit pas morte ! Une demi-heure de plus de sommeil, et le poison volatil aurait accompli son œuvre... Mais, êtes-vous certain que ce soient des fleurs ? Avant d'écrire mon ordonnance, avant de prescrire le remède, il faut que je vois la cause exacte du mal.

— Suivez-moi, docteur.

Le comte, un bougeoir à la main, prit les devants et se rendit dans la chambre à coucher de sa femme.

Ayant exploré rapidement tous les coins de la pièce, il regarda sous le lit.

Il recula en frissonnant.

Des fleurs en tas jonchaient le parquet, des fleurs aux senteurs les plus subtiles, aux arômes les plus enivrants.

— Malheureux que je suis ! s'écria-t-il avec un accent de poignante tristesse. Elle a encore voulu se suicider !...

VII

Le faux vicomte rentra de bonne heure, entre sept et huit heures du matin, pour se mettre au lit et prendre quelque repos.

Il croyait tomber dans le silence de l'hôtel, au moment où les maîtres dormaient encore et où les domestiques, à peine levés, vont et viennent d'un pas étouffé, pour les besoins de leur besogne matinale.

Personne n'aurait encore pénétré dans la chambre de la comtesse de Flamery. La tragique aventure ne serait pas connue.

Lorsqu'il franchit la grille de l'hôtel, entrebâillée en ce moment pour le passage des fournisseurs, il marchait si vite que le concierge n'eut pas le temps de l'arrêter pour le prévenir de la catastrophe.

Afin de ne donner l'éveil à personne, il évita comme d'habitude, l'escalier central.

Mais, faisant le tour du bâtiment par le jardin, il prit l'escalier de service qui reliait son appartement au rez-de-chaussée. Il arrivait ainsi droit à sa chambre par l'itinéraire le plus discret.

Ce matin-là, il eut une première surprise en trouvant la porte de sa chambre ouverte.

Geneviève, en effet, n'avait pas pris soin de la refermer sur elle une heure auparavant.

Comme il allait passer le seuil de sa porte, il lui sembla entendre un bruit dans le couloir voisin, près la chambre de sa femme. Il prêta l'oreille.

C'était un bruit de voix retenues, de chuchotements. Il fit deux pas.

Dans quelques intonations, il distingua la voix de sa femme et celle de Justine.

Sa femme debout en ce moment ! Que se passait-il ?

Est-ce que son crime était déjà découvert ?

Est-ce que les fleurs avaient accompli leur œuvre de mort ? Est-ce qu'enfin l'héritage, tout l'héritage, les six millions de la baronne de Landerville lui appartenait déjà, à lui seul, sans partage ?

Ces réflexions traversèrent son cerveau avec [illegible] rapidement dans la convoitise et l'ambition. Quelques [illegible] de sueur perlèrent sur son front.

Morte ou vivante encore?

Question terrible, à laquelle les paroles qu'il venait de surprendre ne fournissaient aucune réponse.

Mais si la comtesse était morte, on aurait entendu dans toute la maison des éclats [illegible], des exclamations de douleur. Un [illegible] lancinant [illegible] esprit [illegible] vicomte [illegible].

[illegible] Justine, ton mari. Je vous laisse.

— Bonjour, Geneviève, fit Ruffin en s'approchant de sa femme comme pour l'embrasser.

Elle, les sourcils froncés, le repoussa de la main et lui répondit d'un ton de reproche:

— Vous ne faites que rentrer?

— Oui, je t'expliquerai... Mais que se passe-t-il ici ce matin? Pourquoi es-tu déjà levée.

— Vous ne savez pas?... Un horrible malheur...

— Quoi donc? fit Ruffin en composant son visage et en réprimant l'élan de joie que provoquaient les premiers mots de sa femme.

— Hélène s'est asphyxiée...

— Ah! grand Dieu!... Que me dis-tu là?

— Cette nuit avec des fleurs...

— C'est affreux... écoutez... Pauline!... Comment est-ce arrivé?... accident... [illegible] femme de chambre?

— Je n'en sais rien encore...

— Oh! la pauvre comtesse!...

— Nous l'avons transportée dans une chambre [illegible].

— Morte?

— Non! vivante... ressuscitée.

Le scélérat fit un bond en arrière, comme si Geneviève lui eût asséné un coup formidable en pleine poitrine.

Il s'attendait à la confirmation de sa question, à [illegible] l'assurance contraire [illegible] déroulement de [illegible]. Il [illegible] de [illegible] espérait [illegible] croyable [illegible] pour dire: — Hélène morte, le suicide [illegible] difficilerait [illegible]. [illegible] ne [illegible] pas, mais [illegible] vivante [illegible].

Ruffin pâlit affreusement et bégaya.

— La comtesse... vivante... sauvée...

— Mais oui, qu'avez-vous?

[illegible] comprends [illegible] votre [illegible] difficilement [illegible] qu'il y [illegible] m'apprendre [illegible] au contraire [illegible] soulagement [illegible].

— Vous [illegible] bien vite, mon ami, quand je vous aurai dit qu'[illegible] l'a [illegible] sauver.

[illegible] par qui... Oui, quelqu'un est accouru à temps... [illegible] la mort, balbutia Ruffin, la rage au cœur [illegible] sur les lèvres un hideux sourire.

— Oui, c'est cela... Vous ne devinez pas qui?

[illegible] Son mari [illegible]?

— Non, mon [illegible]...

— [illegible]. C'est lui...

[illegible] vicomte [illegible] avait jeté ces trois mots avec un air terrible.

Ses deux poings s'étaient levés automatiquement, comme s'ils [illegible] au-dessus de la tête de Geneviève.

[illegible] avait reculé, aussi surprise qu'effrayée [illegible] de l'expression et du geste.

— Oui, fit-il, railleur, d'une voix grinçante, lui [illegible]?

— Moi, rien... J'ai cru qu'il allait [illegible].

Il acheva son geste en arrondissant ses bras autour du cou de la vicomtesse qui esquiva le baiser par un rapide mouvement de retraite.

— Non, monsieur, pas d'embrassade ce matin... Vous avez d'abord des comptes à me rendre...

Geneviève aurait pu ajouter qu'en ce moment il lui inspirait une secrète terreur et qu'elle ne savait vraiment pas à quelle étreinte elle venait de se dérober. Est-ce que son mari voulait la presser sur son cœur ou la broyer sur sa poitrine ?

En vérité, elle n'aurait pu répondre...

Il y avait sur la figure et dans les manières de Ruffin une succession d'expressions si contradictoires, si énigmatiques.

— Puis-je voir la comtesse ? demanda le bandit redevenu calme.

— Non... Pas de visites... Le médecin l'a défendu de la façon la plus formelle.

— Ah ! il y a aussi un médecin ?

— C'est M. le comte qui est allé le chercher.

— Toute la maison est sur pied, alors ?

— Croyez-vous donc que l'accident soit de si mince importance !

— C'est vrai, ma petite Geneviève... Tu as toujours raison... Présente toutes mes condoléances à Flamery. Je me retire pour quelques heures... Nous nous reverrons au déjeuner... Je pense que les nouvelles seront tout à fait bonnes... Ah ! cette chère... cette excellente cousine !... Crois-tu ?... Un pareil malheur !...

Et il se retira en grommelant :

— Maudite femelle !... C'est elle, il faut que ce soit elle qui me joue ce tour-là ?... De quelle façon ?... Dans l'état de lourde fureur où elle m'avait jetée, j'ai oublié de le lui demander... Elle l'a échappé belle elle, par exemple... J'ai vu l'instant où je l'assommais... Me faire perdre trois millions... Seulement elle en représentait trois autres encore. Pas si bête...

Le faux vicomte alla se mettre au lit, fort inquiet du reste de la tournure que les événements allaient prendre.

Le rétablissement d'Hélène fut pénible. La jeune femme resta quarante-huit heures entre la vie et la mort. Le médecin triompha du mal par des révulsifs énergiques. Il trouva, est-il besoin de le dire, les gardes-malades les plus infatiguables, les plus dévouées, dans Geneviève, dans Justine Fromont, dans la femme de chambre et surtout dans le mari, dans Raoul, qui ne voulut quitter le chevet de la chère malade, tant que son état présenta quelque danger.

Le matin du troisième jour, elle se réveilla de regard plus clair, le corps plus léger, le cerveau désengourdi.

Son mari était là veillant sur son repos, épiant le premier battement de ses paupières.

Jusqu'à ce moment, personne n'avait échangé avec la malade la moindre explication au sujet de la tentative d'empoisonnement dont elle avait été la victime. Son état ne le permettait pas et le docteur l'avait interdit de la façon la plus rigoureuse.

Mais une affreuse perplexité obsédait le comte de Flamery.

Il avait appris de Léonie la visite de la mystérieuse bouquetière, qui s'était introduite dans l'hôtel avec sa propre carte à la main. Quel secret terrible cachait cette visite ?

Elle décelait évidemment un complot tramé contre la vie de la comtesse, une machination combinée et poursuivie avec une infernale habileté.

L'idée de suicide qui avait surgi d'abord dans son esprit s'était évanouie au récit de la femme de chambre.

Mais alors, qui avait conçu, organisé, exécuté ce plan scélérat !...

Aucun nom ne lui venait aux lèvres, aucun soupçon contre personne.

Et dans l'impossibilité de trouver un coupable, il s'arrêtait encore parfois à la douloureuse hypothèse du suicide...

Hypothèse bien invraisemblable, en vérité.

— Pourquoi, en effet, Hélène, désireuse de se donner la mort, aurait-elle imaginé un stratagème aussi compliqué d'une inconnue, enveloppé son tragique projet dans une intrigue théâtrale.

Non, ce n'était pas cela. Il y avait autre chose.

Mais quoi ?...

Elle seule le dirait peut-être. Le mot de l'énigme sortirait de sa bouche.

Et il attendait anxieux, le moment propice pour le lui arracher.

En attendant, il avait prié tout le monde de garder le secret le plus absolu sur le triste événement. Il s'était bien promis, en outre, de ne pas dénoncer le fait à la police avant d'en avoir conféré avec Hélène.

En le voyant à son chevet, pâle, luttant contre la fatigue et la souffrance, comme elle l'avait entrevu durant la nuit, durant les journées précédentes, la comtesse de Flamery lui tendit la main.

— C'est vous, mon ami ? lui dit-elle avec un doux sourire.

— Oui, Hélène, répliqua-t-il vivement. Oh !... vous vous sentez mieux, n'est-ce pas ?...

— Beaucoup mieux... Il me semble que je me lèverais.

— Non, non, attendez que le médecin vous le permette.

— Comme vous dites cela ?... Ai-je donc été si malade ?

— Deux jours, deux jours sans fin, sans accalmie, sans repos.

— Oui, oui, je vous ai vu toujours à mes côtés durant ces deux longues journées où ma pensée était absente... C'est la plus forte impression que j'ai gardée, celle de votre présence.

— Ne parlez pas. Laissez-moi vous regarder et vous dépeindre tout le bonheur que je ressens de vous voir revenir à la santé, à la vie.

— Merci, mon ami, je vous assure que je suis forte. C'est vous qui avez besoin de repos. Faites-moi le plaisir de regagner votre chambre.

— Moi, vous quitter ? Non pas... J'ai d'ailleurs besoin de vous causer...

— Plus tard. Accordez-moi la faveur de vous retirer et de m'envoyer la femme de chambre. On va venir voir la malade, il faut que je me fasse belle. A tout à l'heure, mon ami.

— Oui, à tout à l'heure.

Dès que le comte fut parti, Hélène appela sa femme de chambre et, à brûle-pourpoint, lui demanda :

— Renseignez-moi, dites-moi ce qui m'est arrivé.

— Madame a été trouvée asphyxiée dans son lit, à quatre heures du matin.

— Asphyxiée ?

— Oui, madame, et sans l'arrivée de Mme la vicomtesse dans sa chambre au milieu de la nuit, Madame la comtesse ne serait plus du monde.

— En voilà une histoire à laquelle je ne comprends rien. Expliquez-vous.

— Bien, madame.

— Et procédez par ordre. Vous venez de dire que j'ai été asphyxiée. Asphyxiée par quoi ?

— Par les fleurs.

— Par les fleurs... Ah ! vous voyez bien, c'est un peu votre faute. Pourquoi avez-vous eu l'idée de déposer ces deux bouquets sur ma cheminée ? Nous les avons retirés trop tard, et puis le courant d'air n'a pas fonctionné assez longtemps.

— Les deux bouquets n'y sont pour rien, madame, ce sont les autres fleurs.

— Quelles autres fleurs ?...

— Celles qu'on a trouvé en tas sous le lit de madame, des roses-thé, des tubéreuses, des fleurs d'oranger, des lis plein une corbeille. Nous les avons conservées. Elles sont là, dans le salon du premier étage.

— Toutes ces fleurs sous mon lit, mais c'est monstrueux. C'est une tentative de meurtre. On a voulu me tuer. Est-ce qu'on connaît l'auteur du guet-apens ?...

— Oui, madame, je la connais.

— C'est une femme.
— Oui.
— Que nous connaissons ?
— Non, pas vous. Moi, je la connais de vue seulement, pour l'a
voir conduite, le soir de votre fête, dans ma chambre.

Une jeune femme chargée de deux énormes bouquets (page 39).

— Ainsi vous l'avouez ? C'est vous qui avez introduit chez moi
une misérable chargée de m'apporter la mort. Mais vous êtes aussi
coupable qu'elle.
— Que madame la comtesse me pardonne, répondit Léonie, trou-

blée : cette femme se disait envoyée par monsieur. Elle m'a même, pour m'inspirer toute confiance, remis la carte de Monsieur le comte.

— La carte de M. le comte ! se récria Hélène, blémissant de stupeur.

— Oui, une carte qu'elle s'était procurée, je ne sais comment. Car nous savons maintenant que cette coquine de femme se disait la commissionnaire de M. le comte en présentant sa carte de visite.

— Comment le savez-vous ?

— M. le comte a déclaré que c'était une fourberie atroce, qu'il n'avait pas acheté de fleurs, ni donné de commission à personne.

— Ah ! M. le comte a déclaré cela ? fit Hélène se mordant les lèvres jusqu'au sang.

— Assurément, il ne pouvait pas déclarer autre chose.

— Vous avez raison. Continuez.

— C'est cette femme qui a jeté sous le lit la montagne de fleurs que nous y avons ramassées.

— Vous la regardiez faire, vous ?

Cette apostrophe avait été articulée avec un ton si dur, accompagnée d'un geste si méprisant, que la femme de chambre se mit à trembler et à fondre en larmes. Elle devinait l'horrible accusation dirigée contre elle. Elle en était ahurie.

— Que madame la comtesse n'ait pas mauvaise opinion de moi, gémit la cameriste. Je n'ai jamais eu la pensée de mal faire. Je ne me suis absentée une minute de votre chambre, une seule minute, le temps d'aller chercher les deux grands vases de porcelaine dans le petit salon... C'est pendant ce temps-là que l'abominable femme a répandu ses fleurs.

— Vous ne les avez donc pas vues sur elle ?

— Non, madame, et c'est bien ce qu'il y a de pis... Elle est jeune et presque gentille. Petite de taille, la bouche un peu pincée, les cheveux noirs et les yeux très vifs, une figure qui n'est pas mal et qui porte plutôt à la confiance.

— Ah ! gentille et jeune... Oui, c'est ainsi qu'elle doit être.

— Vous soupçonnez quelqu'un, madame.

— Pas positivement. Poursuivez votre récit.

— Bien madame.

— Je me suis donc endormie au-dessus d'une jonchée de fleurs, de l'espèce la plus odorante, c'est-à-dire, la plus meurtrière. J'aurais dû succomber à leurs émanations. Ne m'avez-vous pas dit, qu'à quatre heures du matin, on avait fait irruption dans ma chambre, on m'avait arrachée à la mort. Qui donc m'a sauvée ?

— C'est madame la vicomtesse.

— Geneviève.

— Oui, madame.

— Ah ! chère petite !... s'écria Hélène avec un rayon de joie dans les yeux. Si quelqu'un devait me tirer d'un danger mortel, si un ange devait voler à mon secours, c'était elle, ma bien-aimée Geneviève... Ah ! son intervention si heureuse me console de toutes les vilénies, de toutes les lâchetés.

A ce moment, justement la blonde vicomtesse entrait le sourire aux lèvres, la joie aux yeux.

Hélène lui tendit les bras.

Les deux cousines échangèrent de nouveaux baisers.

— Tu te sens tout à fait bien ? demanda Geneviève.

— Oui, ma chérie, tout à fait. Il faut maintenant que je te remercie. Léonie vient de me raconter en détail le guet-apens de l'autre nuit. Si j'ai échappé à la mort, c'est grâce à ton heureuse intervention. Il paraît que tu es entrée dans ma chambre à quatre heures du matin juste à point pour me sauver. Comment est-ce arrivé ? Par quel hasard miraculeux.

— Miraculeux, c'est le mot, grande sœurette. J'y ai bien songé depuis deux jours, et je me suis demandé souvent si mon cœur qui t'aime tant, n'avait pas joué un grand rôle dans cette affaire.

— Et moi, crois-tu que je ne t'aime pas ? dit la comtesse de Flammy, pressant de nouveau Geneviève sur sa poitrine.

— Si, si, je le crois. Je me suis demandé si ce n'était pas notre commune sympathie qui avait provoqué mon rêve. Figure-toi que j'ai eu un cauchemar atroce. Je rêvais que tu étais assaillie par un grand oiseau noir à tête humaine et qui ressemblait...

— A qui ? interrogea fiévreusement Hélène.

— A quelqu'un que tu connais comme moi.

— A mon mari, n'est-ce pas ?

— A ton mari ? non pas ! répliqua Geneviève avec un air enjoué, mais au mien, à M. le vicomte du Vivier en personne.

— Ne ris pas, ne me trompe pas. Le monstre de ton rêve devait avoir la tête d'un monstre vivant. Tu cherches à m'abuser en nommant ton mari. C'est le mien que tu as vu dans ton cauchemar !

— Tu es folle, sœurette !.. On dirait que tu nourris le plus horrible soupçon contre le comte de Flamery, qui t'adore, qui est un type parfait de bravoure et de loyauté.

Un bruit de voix dans le couloir coupa la parole de Geneviève.

C'était le comte de Flamery qui demandait à la femme de chambre de l'annoncer chez la comtesse...

— Qu'il entre, dit Hélène... en faisant signe à sa cousine de s'éloigner.

Raoul s'avança le front radieux et tendit la main à Hélène, mais celle-ci, sans paraître remarquer le geste, se contenta de lui dire d'un ton sec :

— Nous avons à causer, monsieur. Veuillez vous asseoir.

— Je vous écoute, madame, répondit Raoul étonné.

— Je suis au courant, poursuivit-elle en le fixant avec obstination, de tout ce qui s'est passé dans cette maison. Il y a trois nuits. Les confidences de Geneviève et de ma femme de chambre m'ont tout appris. Je sais qu'on a voulu m'asphyxier pendant mon sommeil, sournoisement, lâchement...

— Ah ! Dieu merci, s'écria Raoul, transporté d'allégresse, ça n'était pas une tentative de suicide !

— Que dites-vous là ?

— J'avais peur que vous n'eussiez encore voulu attenter à vos jours, que vous n'eussiez vous-même commandé les fleurs fatales.

— Oh ! une pareille supposition... qui vous permet de la faire ?

— Pardonnez-moi, Hélène... Mais je ne puis pas me reporter quelquefois à l'effroyable moment où, pour éviter un simple baiser de votre mari, vous vous êtes précipitée si résolument dans la mort sans éprouver la crainte que vous ne soyez trop malheureuse avec moi, que vous ne considériez la vie comme un fardeau insupportable.

— Non, non, monsieur le comte, chassez de pareilles appréhensions. Depuis la nuit que vous venez de rappeler, j'ai eu maintes occasions de mieux vous connaître, d'apprécier la noblesse de votre caractère, la loyauté de votre cœur, la sincérité de votre affection et de votre dévouement pour moi... Je ne voulais qu'entrevoir une existence heureuse, souriante, en votre compagnie... Comment l'idée d'un suicide aurait-elle pu me venir ?

Le langage de la comtesse était empreint d'une ironie.

Une angoisse secrète serrait le cœur de Raoul.

— Oh ! madame, si vous pensiez tout ce que vous venez de dire, je serais le plus fortuné des hommes.

— Quelle raison avez-vous d'en douter ?

— Le ton de vos paroles, d'abord, et puis...

— Et puis la connaissance de votre conduite.

— De ma conduite ? fit Raoul stupéfait.

— Trève d'hypocrisie, monsieur. Je sais à quoi m'en tenir. Tandis que j'écoutais, tout à l'heure, les renseignements que me donnaient ma femme de chambre et ma cousine, je me demandais qui pouvait me haïr au point de vouloir ma mort, au point même de la précipiter.

— Eh bien ? demanda Raoul haletant.

— Eh bien !... Mais de votre côté vous avez dû vous poser la même question, et je suis certaine qu'après quarante-huit heures de réflexion sur un sujet si palpitant, vous êtes arrivé à découvrir le coupable et que vous allez le nommer tout comme moi.

— Malheureusement, ma chère Hélène, il m'est impossible de vous citer un nom.

— Oui, je comprends : l'attentat est d'un lâche, et il faut du courage pour parler.

— Moi, je ne comprends pas, madame ! tonna Raoul avec colère et ne pouvant croire encore à l'énormité de l'accusation suspendue sur sa tête. Puisque vous savez le nom de l'infâme qui a voulu vous tuer, je vous somme de me le dire !...

— Vous tenez à ce que je vous le nomme ?

— Ah ! parlez, madame...

— Mon lâche meurtrier est le comte de Flamery.

Raoul bondit comme un lion blessé.

Il rugit.

— C'est monstrueux et stupide, c'est l'injure suprême, je devais la recevoir de votre bouche et je ne puis me venger, et je ne puis vous faire rentrer l'insulte dans la gorge. Ah ! si vous étiez un homme, avant de vous en demander raison, je donnerais satisfaction à ma colère en vous gifflant sur les deux joues.

Mais vous êtes une femme, et ma femme encore... Ma femme... dérision. Nous sommes plus étrangers l'un à l'autre que deux inconnus, plus séparés que deux ennemis. Ah ! tenez, votre accusation est tellement absurde que je devrais la laisser intacte sans un mot de réplique, hausser les épaules et m'éloigner.

Hélène, frémissante d'émotion, le regardait, étonnée de la vivacité de ses emportements.

— Quelles sont donc les pensées, reprit-il, qui s'agitent dans votre cerveau pour que vous me prêtiez à la légère les projets les plus odieux ! Ainsi, il n'y a rien de plus abominable, rien de plus lâche que l'attentat dont vous avez failli être victime. Et c'est moi que vous en accusez !... Et moi qui tremblais de peur à l'idée que vous aviez peut-être voulu vous suicider, vous suicider par dégoût de la vie, par aversion pour moi !... Ah ! je suis loin de compte... Je n'aurais jamais imaginé la profondeur de l'abîme dans lequel j'étais tombé à vos yeux, un abîme de sang et de boue.... Un mari méprisé, détesté, ce n'est rien... Un mari pris pour un gredin de la pire espèce, traité d'assassin, voilà ce que je suis à présent, grâce à l'opinion que vous avez de moi. Ah ! tenez, madame, c'en en est trop. Encore une fois, je devrais vous fuir, garder le silence, ne pas révéler l'atrocité de vos imputations... Oui, cela vaudra mieux. A quoi bon vous répondre, puisque vous ne me croirez pas ?

Il se dirigea vers la porte.

Hélène, toujours muette, mais ébranlée par les accents de cette fougueuse protestation, le suivait toujours des yeux.

— Eh bien ! non, clama-t-il en revenant vers sa femme. Je n'accepte pas votre condamnation en silence. Il faut parler à votre tour. Vous m'accusez d'un crime. Je vous somme de démontrer votre accusation, de produire vos preuves.

— Soit, répondit Hélène, je les produirai.

— Ah ! enfin ! soupira le comte de Flamery.

Il avait fait à plusieurs reprises un violent effort sur lui-même pour ne pas paraître trop démoralisé... Mieux valait peut-être abandonner la lutte, renoncer à cette existence si pleine d'amertume.

Mais, alors, cette femme qu'il adorait quand même, il la perdrait à tout jamais. Ce cœur orgueilleux, il ne le dompterait pas.

La comtesse acceptait la discussion. Le duel allait se préciser, se circonscrire.

— Vous connaissez, demanda Hélène, la femme qui a pénétré, à dix heures du soir, jusqu'ici, chargée de bouquets et de fleurs détachées ?

— Sur mon honneur, je ne la connais pas.

— Elle a déclaré que les bouquets avaient été achetés par vous, elle a même présenté votre carte pour certifier la commission que vous lui aviez confiée.

— Ah! madame, n'allez pas plus loin. Il m'est excessivement pénible d'avoir à vous démontrer que je suis étranger au guet-apens qui vous a été tendu. Je me résigne pourtant à cette cruelle extrémité parce que je tiens à reconquérir votre estime. Pour me disculper, il me suffira de reprendre l'argument que vous employez pour me combattre... Croyez-vous donc que, si j'étais l'auteur de l'attentat dirigé contre vous, j'aurais pris la tâche de me dénoncer moi-même en chargeant ma complice de me désigner par mon nom et, pour comble de sottise, en lui donnant ma carte de visite? C'est tout à fait inadmissible, convenez-en. A moins de supposer que j'aie voulu commettre ouvertement mon crime et en affronter toutes les conséquences. Alors, dans cette hypothèse, à quoi bon l'intermédiaire de cette femme. A quoi bon l'asphyxiante et incertaine par les fleurs? J'avais d'autres armes [illegible] plus sûres [illegible]

[illegible]

[illegible] par le raisonnement de Raoul [illegible] aucune objection ne [illegible] le sentiment mystérieux qui se dégageait de l'exclamation finale.

Ce sentiment, exprimé d'une voix si pénétrante, ne laissait pas de la surprendre. Elle le trouvait en contradiction si flagrante avec un incident récent qui lui avait servi de grief contre le comte de Flamery.

Elle voulut en avoir le cœur net.

— Tantôt, vous me protestez de votre dévouement, dit-elle, tantôt vous me témoignez une blessante indifférence. On dirait qu'il y a deux hommes en vous, l'un sincère, l'autre artificiel. Je souhaite que l'offense que je vous ai faite ne s'adresse qu'à ce dernier.

— Expliquez-vous, Hélène, je vous prie.

— Soit. En vous quittant [illegible] Vous avez affecté de ne plus l'apercevoir et j'ai dû vous imposer par force [illegible]

[illegible] de Raoul [illegible] un mouvement de [illegible] Mon [illegible] amoureux de [illegible]

— Sans doute et vous devez moins vous étonner [illegible] que je vous ai prévu aux événements de [illegible]

Et maintenant, vous abandonnez, je suppose, toute votre accusation? Il ne vous reste plus, Hélène, aucun soupçon contre moi?

— Aucun. Seulement...

— Ah! pas de réserves, je n'en souffrirai aucune.

— Vous ne m'avez pas comprise, monsieur. J'ai voulu simplement vous dire [illegible] Il y a un coupable. Mais j'en serai bien plus convaincue encore si vous découvrez le criminel, si vous arrivez à me [illegible]

— [illegible] si j'ai trouvé, le voilà [illegible]

— Vous me rendez la tâche trop difficile, madame, puisque vous exigez encore une preuve de mon innocence.

Je ne me sens pas le courage de rechercher le coupable si je puis encore passer pour lui. A vos yeux [illegible] Adressez-vous ailleurs [illegible]

[illegible]

[illegible]

— [illegible] je vous remercie, madame [illegible]

IX

Suivant le pacte conclu entre le comte et la comtesse de Flamery, rien ne transpira de ce drame. La vie reprit à la villa d'Auteuil
comme auparavant.

La douce Geneviève vivait dans un abandon qui ne froissait heureusement que son amour-propre.

Le faux vicomte s'efforçait de faire chaque jour une apparition.

Il jugeait cette assiduité suffisante pour entretenir de bonnes relations avec sa femme et la vieille baronne.

Il essayait de les abuser l'une et l'autre. Auprès de sa femme, il
colorait ses absences des prétextes les plus hardis comme les plus futiles.

Tous les arguments lui étaient bons, et comme il réussissait, parfois, par d'hypocrites protestations de tendresse, à lui arracher un
sourire, il se croyait quitte de tout autre effort et toujours maître
de la position.

Dès qu'il s'était éloigné, Geneviève se reprochait sa faiblesse et son
peu de caractère.

Il lui arriva plus d'une fois de pleurer en cachette et de maudire
silencieusement l'existence humiliée qu'elle subissait.

Quant à se plaindre de son mari à qui que ce fût, elle n'y son-
geait pas.

Auprès de la vieille baronne, Ruffin en usait encore avec plus de
désinvolture.

Plastronner sous un vêtement de coupe irréprochable, faire para-
de de relations imaginaires rehaussées de titres pompeux, débiter
alertement quelques potins du monde ou du demi-monde, ajouter à
tout cela quelques flatteries à l'adresse de la bonne femme, et le tour
était joué.

Il passait à ses yeux pour un gentilhomme de parfaite tenue, qui
faisait honneur à sa maison.

Si Justine Fromont ne se laissait pas séduire, le faux vicomte af-
fectait de ne pas s'en apercevoir. Il lui prodiguait au contraire, en
toute occasion, des marques d'amitié et, au besoin, de déférence.

Justine enrageait, mais il n'y avait pas moyen d'éclater.

C'est ainsi que le maître fourbe se comportait en famille, jetant
de la poudre aux yeux, conservant, ce qui était l'essentiel, les bonnes
grâces et la confiance de la baronne de Landerville.

Au dehors, il se livrait à la fête la plus effrénée. Il jouait un jeu
d'enfer, il accumulait les dettes.

Déjà son crédit s'épuisait. Il avait cherché à contracter un emprunt de quarante mille francs chez un banquier, à lui connu du
faubourg Montmartre.

— Non, non, avait répondu l'homme de finances. Vous me devez
déjà quelque argent. La somme que vous me demandez aujourd'hui
est considérable. Je la prêterai néanmoins, si vous me rapportez cette
reconnaissance revêtue de la signature de votre femme.

— Mais, mon cher ami...

— Inutile d'insister. Les affaires sont les affaires. Rien de conclu sans la signature de Mme du Vivier.

Le soir même, il assista au dîner de famille, dans l'hôtel de l'avenue Victor-Hugo.

A la suite du dîner, Ruffin sollicita un entretien particulier de sa
femme.

Geneviève, étonnée, l'accorda.

Ils montèrent ensemble dans le petit salon du premier étage.

La jeune femme prenant un siège, en indiqua un autre à son
mari.

— Que me voulez-vous ? demanda-t-elle.

— Je désire avoir avec vous, ma chère Geneviève, une explication cordiale, décisive. Il existe entre nous un malentendu que l'

Il l'enleva dans ses bras (page 48).

voudrais faire cesser. Vous n'avez vertainement plus pour moi l'amitié, pour ne pas me servir d'un autre terme, que vous aviez durant les premiers jours de notre mariage.

— A qui la faute, monsieur ?

— Oui, à qui la faute ? Je m'attendais à cette objection. Mais enfin, vous l'avouez, vos sentiments à mon égard ont subi un refroidissement que j'ai la douleur de constater. A qui la faute ? demandez-vous en sous-entendant qu'elle m'est imputable, à moi seul. Soit ! j'ai les plus grands torts, je les confesse et je m'en repens. Mais je n'ai pas mérité la mésestime dans laquelle vous paraissez quelquefois me tenir. Je vous aime toujours, Geneviève...

— Oh ! je vous en prie, ne cherchez pas à me tromper, pour votre dignité comme pour la mienne. Vous n'y réussirez pas.

— Voilà ce que je craignais, une rebuffade sèche, hautaine, qui me ferait prendre la porte si je n'étais retenu par le plus ardent désir de faire la paix entre nous. Nous sommes mari et femme, ayant les mêmes intérêts, appelés à vivre de la même vie. Si quelque mésintelligence s'est mise entre nous, notre devoir est de l'écarter, de l'oublier, d'un commun accord. C'est à lui que je m'adresse, ma bien chère Geneviève.. Laissez-le parler.

— Votre langage est-il sérieux ?

— Geneviève, permettez-moi de vous dire que c'est le vôtre qui ne l'est pas. Non ce n'est pas vous qui parlez, ce n'est pas la voix de ma chère femme que j'entends ; c'est la voix d'autres personnes, de celles dont elle subit la mauvaise influence.

— Vous vous égarez !... Je ne subis aucune influence. Je sais malheureusement ce que je vois, je ressens ce que vous me faites souffrir.

— Vous souffrez, tu souffres !... Oh ! pardon, ma Geneviève adorée.

— Plus tard, oui, peut-être... Nous verrons.

— Mais, dis-moi que tu ne m'en veux plus que tu me rends, dès à présent, ton estime et ton affection, oh ! dis-le moi, ma chérie...

— Je ne sais si je dois vous croire...

— Encore !... Encore ! cette hésitation cruelle, ce doute injurieux !... Que faut-il donc faire pour te convaincre de ma sincérité ?

— Eh bien ! soit, je vous crois, Ruffin, je veux vous croire... Mais, néanmoins, il faut que vous donniez la preuve de votre conversion.

— Toutes les preuves que tu voudras, ma chère Geneviève.

— Ah ! j'en serais bien heureuse, mon ami, je vous assure.

Le misérable tartuffe la tenait enfin. Il l'avait amenée au point précis où il avait marqué la bifurcation qu'il allait maintenant opérer...

Tout d'abord, il l'attira brusquement contre lui, et, sentant la résistance instinctive qu'elle lui opposait, il se contenta de l'embrasser sur ses cheveux, puis lui rendit la liberté.

Caresse discrète dont Geneviève lui fut sur-le-champ reconnaissante.

— A partir de cet instant, reprit-il, je n'ai rien à te refuser. Exige de moi tout ce qu'il te plaira, tu me trouveras toujours empressé à t'obéir. C'est ainsi que nous vivrons désormais, et je suis persuadé que si tu peux m'être agréable, de ton côté, tu n'hésiteras pas à le faire.

— Assurément, mon ami.

— J'en étais certain. Un cœur comme le tien, qui est foncièrement bon, ne change jamais. Nous pouvons nous mettre réciproquement à l'épreuve. Nous sommes sûrs du dévouement l'un à l'autre. Voyons, Geneviève, demande-moi quelque chose, que puis-je faire pour te faire plaisir ?...

— Continuez à être l'homme que vous paraissez être en ce moment.

— Méchante, qui fait des réserves, qui pose des conditions... Tu fais bien, tu as raison. Tu es charmante ainsi.

Puis, sans transition aucune, brusquement, il ajouta :

— Et puisque nous en sommes là, je te prierai de me donner

l'exemple en mettant une signature... là, au bas de ce papier, à côté de la mienne...

Ruffin avait retiré la reconnaissance de sa poche et l'avait étalée sur une petite table laquée, sous les yeux de sa femme.

— Qu'est-ce que c'est que ça ? bégaya-t-elle en mettant le doigt sur le papier.

— Oh ! peu de chose, un petit emprunt remboursable à dix-huit mois.

— Cinquante mille francs.

— Oui, une misère... J'en ai besoin... Nous ne pouvons pas les demander à la baronne... J'ai trouvé un bailleur, qui désire ta signature. Je ne te demande pas grand'chose, comme tu vois, ma douce chérie. Tu ne peux pas me le refuser...

— Ça vous fera plaisir ?

— Tu seras bien gentille.

— Donnez alors.

Et Ruffin, ayant apporté précipitamment une plume et de l'encre, Geneviève griffonna son nom sur le papier.

— Que tu es bonne, ma colombe, et combien je te remercie !...

Puis il remit le papier dans sa poche, baisa encore une fois la main de Geneviève et se dirigea vers la porte.

— Où allez-vous ? demanda-t-elle.

— Je suis obligé de sortir.

— A cette heure ?

— Oui, à cause de ce maudit emprunt. Ah ! il est inutile, n'est-ce pas ? que je recommande le secret. Au revoir, mignonne.

— Au revoir, monsieur.

Le faux vicomte parti, Geneviève retomba navrée sur son fauteuil.

Une larme glissa au bord de ses paupières.

Puis elle essuya ses yeux, se leva résolument, et redescendit, le front calme, auprès du comte et de la comtesse de Flamery.

X

Le comte de Flamery s'était mis en campagne. Dans la recherche de la fleuriste, il avait pris pour auxiliaire son ami, le peintre Maurice Hercelin.

Jusqu'alors, ils n'avaient pu découvrir aucune trace. L'artiste gardait sa confiance absolue dans le hasard.

— Je te dis que c'est le hasard qui nous guidera, répétait-il.

Il avait encore une fois raison.

Un matin qu'il travaillait dans son atelier, Léonie, la femme de chambre de la comtesse vint, de la part de ses maîtres, lui apporter un message.

Comme, en attendant la réponse, elle regardait les œuvres exposées dans l'atelier, elle s'arrêta devant le tableau de la Bretonne de Saint-Lunaire auquel le peintre donnait un coup de vernis pour l'envoyer à l'exposition d'une œuvre de bienfaisance.

Et soudain, elle recula d'horreur.

— Oh ! fit-elle d'une voix stridente.

— Qu'est-ce qui vous prend ? demanda le peintre abasourdi.

— Ce portrait !... Ce portrait !... répéta-t-elle, avec un geste de terreur.

Saisi d'étonnement, le peintre expliqua :

— C'est une Bretonne bien vivante que j'ai croquée, dans la vieille église de Saint-Lunaire. Peut-être, après tout, ressemble-t-elle au modèle qui a posé ensuite, dans mon atelier, lorsque j'ai peint la toile.

— Je ne sais pas !... reprit la cameriste, ce dont je suis sûre, c'est que c'est le portrait d'une empoisonneuse, de la misérable qui a voulu tuer ma maîtresse.

L'artiste se récria aussitôt :

— Vous devez vous tromper, regardez-la bien.

— Je ne fais que cela, monsieur Hercelin. Mes yeux ne peuvent s'en détacher. Cette figure-là je la reconnais. La coquine me souriait comme sur votre tableau. Son sourire me donnait confiance, maintenant il me fait horreur ! Et dire que cette femme a l'air de prier le bon Dieu !... Quel sacrilège !...

— Ainsi vous croyez que mon modèle a semé les fleurs de mort sous le lit de la comtesse de Flamery ?...

— Oui, monsieur Hercelin.

— Eh bien, nous allons nous en assurer de suite.

— Comment cela.

— Je l'ai justement fait demander pour une séance de pose. Elle va venir !...

— Oh ! je lui arracherai les yeux !...

— Du calme, Léonie, du calme !... Ne brusquons rien de peur de nous tromper. Vous allez vous cacher derrière cette portière et je m'arrangerai de façon que vous ayez le loisir de bien voir sa figure.

— Et vous la ferez parler ?...

— Oui, pour que vous retrouviez le son de sa voix s'il vous a frappé.

— Oh ! je ne l'ai pas oublié non plus. Et tenez, monsieur Hercelin, encore un détail. Elle est mince, n'est-ce pas, cette jeune femme.

— Oui, elle peut compter dans les maigres.

— Et, comme taille, c'est tout au plus si elle me vient au milieu du nez.

— En effet, elle ne monterait pas plus haut.

— C'est elle ! monsieur, c'est elle ! Ah ! enfin, nous la tenons !...

Un bruit de pas se faisait entendre dans l'escalier.

— Ce doit être elle, dit le peintre, vite, cachez-vous.

Le modèle, en effet, entra.

C'était une petite femme très brune, dont la physionomie reflétait la candeur. Une vierge de Botticelli. Elle était très recherchée pour la pose de la tête dans les ateliers de Montmartre.

Lorsque Hercelin était revenu de Bretagne avec son croquis de Bretonne, un de ses élèves lui avait présenté ce modèle qu'il avait fait poser jusqu'à la finition du tableau. Qui était-elle ? On ne s'enquiert guère, dans les ateliers, de la situation des modèles. Ce sont des oiseaux migrateurs qui, à la première occasion, émigrent pour revenir ensuite ou à tout jamais disparaître.

Hercelin ne la connaissait que sous son prénom : L'lie, diminutif d'Eulalie. Elle avait disparu un beau jour et était revenue depuis peu redemander qu'on l'employât. Cela n'avait rien d'extraordinaire. Justement, le peintre s'était aperçu au moment de l'envoi de sa toile à l'exposition de bienfaisance des Beaux-Arts qu'une légère éraflure endommageait la figure de la Bretonne, il avait convoqué la veille Eulalie pour la retouche. Elle devait revenir aujourd'hui pour la mise au point. Sans la visite inopinée de Léonie, il eût été à cent lieues de se douter qu'il avait sous la main la bouquetière qui avait été l'instrument du criminel, auteur de l'attentat contre la comtesse de Flamery.

Hercelin invita de suite le modèle à prendre la pose. Il disposa la toile de manière à exposer le visage de la jeune femme aux regards qui l'observaient derrière le rideau.

Léonie était à son poste, les yeux et les oreilles grands ouverts.

Quand le peintre eut donné un ou deux coups de pinceau, il éleva la voix.

— J'aurai probablement besoin de vous pendant assez longtemps, dit-il, mais si vous devez disparaître comme vous l'avez fait ces temps derniers, je serai obligé de m'adresser à un autre modèle. Vous vous étiez donc laissée enlever ?... Par un confrère ou par un amoureux ?...

Eulalie rougit et ne répondit pas.

— Oh ! fit Hercelin, je ne vous demande pas de confidences, cela ne me regarde pas. En tout cas, vous pouvez toujours me répondre : Etes-vous libre pour le travail.

— Oui, maître !...

— Bien ! alors je compte sur vous. J'ai un grand tableau à faire pour le salon prochain. Il s'agit de représenter une bouquetière. Je vous peindrai avec deux superbes bouquets sur les bras !... Vous vous adresseriez à une femme de chambre, comme celle-ci, par exemple, ajouta-t-il en désignant la tenture de laquelle émergea subitement Léonie.

Léonie s'avança précipitamment en face du modèle.

Sans lui donner le temps de respirer, elle lui lança cette apostrophe :

— Oh ! vous me reconnaissez bien, misérable que vous êtes, je suis la femme de chambre qui vous a reçue un soir, à l'avenue Victor-Hugo, qui vous a conduite dans la chambre à coucher de Mme la com-

Les deux cousines (page 45).

tesse de Flamery. Et vous, vous êtes l'infâme mégère qui a semé des fleurs sous le lit de ma maîtresse. Ah ! coquine, coquine, je vous tiens et je ne vous lâcherai pas !...

Eulalie absolument terrassée par cette apparition, étendit les bras comme pour la repousser, mais aussitôt se renversant sur le côté, elle tombait en proie à une crise épouvantable d'hystérie. Léonie se pencha vers la malade, lui dégrafa son corsage :

— La peste ! s'écria-t-elle d'une voix rageuse, il faut que je la secoure !... Je ne veux pas qu'elle crève avant d'avoir tout confessé, ze !... Eh bien, monsieur, quand je vous disais que j'étais sûre de la reconnaître !

— vous avez raison, Léonie, cette femme est une criminelle. Je vais vous donner un mot pour le commissaire de police, c'est un de mes amis, son bureau est juste en face, la rue à traverser. Son concours nous sera précieux.

Il griffonna un mot au crayon sur sa carte. La camériste partit en courant.

Moins d'un quart d'heure après, elle revenait avec le magistrat.

Celui-ci n'était pas ignorant du drame de l'hôtel de la baronne de Landerville. Il avait même aidé officieusement le comte et son ami, dans leurs recherches. Rapidement, le peintre le mit au courant de ce qui venait de se passer.

— Ah ! voilà qu'elle revient ! s'écria soudain Léonie.

En effet, cessant leurs battements précipités, les paupières commençaient à s'ouvrir, laissant voir des prunelles vagues et atones.

Puis le regard se fixa, interrogeant les visages des assistants. La main droite se porta sur le front et brusquement, des larmes jaillirent de ses yeux.

— Monsieur le commissaire de police, présenta Hercelin.

— Pardon, pardon, murmura le modèle effrayé, oui, c'est moi qui ai jeté les fleurs sous le lit de la comtesse, mais j'obéissais à une volonté supérieure à la mienne, je n'étais pas maîtresse de mes pensées !... Oh ! pardon !...

Elle s'arrêta, suffoquant.

— Reprenez votre calme, fit le commissaire et répondez-nous franchement. D'abord, quel est le nom de votre complice ou plutôt de l'instigateur dont vous parlez.

— C'était alors mon amant, mais nous sommes séparés.

— Il s'appelle ?...

Elle ne répondit pas et se mit à pleurer abondamment.

— Je ne puis pas le dire, non, je ne puis pas ! finit-elle par sangloter.

— Voyons, insista le commissaire, si vous voulez vous concilier notre indulgence, il faut tout nous dire. Cet homme que vous ne voulez pas dénoncer, est un homme dangereux, abominable. Il vous a rendue lâchement criminelle. Cet homme doit être pour vous comme pour nous indigne de pitié. Son nom ?...

— C'est !..

Une fois encore, elle hésita.

— Eh bien, j'attends, dit le magistrat.

— C'est le mari de la comtesse !...

Les trois personnes qui anxieusement attendaient l'aveu, bondirent à cette parole inattendue.

Le commissaire haussa les épaules et demanda :

— Vous pourriez me le montrer.

— Je vous le montrerai.

— Le plus tôt possible ?

— Aujourd'hui même, ce soir !...

— A quelle heure ?

— A six heures, dans un café de l'avenue de la Grande-Armée. C'est le jour de ses rendez-vous avec un camarade !

— Il a un camarade, s'étonna Hercelin stupéfait de cette déclaration.

— Oui, monsieur !

— Comment le nommez-vous celui-là ? demanda encore le commissaire.

— J'ignore son nom. Le comte ne me l'a jamais dit, mais je vous montrerai les deux hommes ensemble.

Alors, entrant délibérément dans la voie des aveux et des confidences, le modèle raconta qu'elle avait fait un an auparavant la rencontre d'un gentleman dont elle était devenue la maîtresse. C'était la cause de son éclipse des ateliers de Montmartre. De suite, son amant avait pris sur elle un ascendant considérable. Il l'hypnotisait. Elle l'adorait. Le gentilhomme paraissait aussi l'aimer beaucoup. C'est alors que celui-ci suscitant la jalousie de sa maîtresse, lui promettant de l'épouser après la mort de sa femme, lui faisant miroiter la richesse, l'avait poussée à porter les fleurs chez la comtesse. Elle se rendait complice d'un crime, mais alors elle ne réfléchissait pas aux conséquences, elle était suggestionnée.

A la suite de cet attentat avorté, le comte était devenu brutal. Il préparait un nouveau crime, mais elle avait refusé de s'y associer. Eulalie avait préféré partir et reprendre son métier de modèle.

— Si tu parles, si tu me dénonces, je te tue, l'avait-il menacé.

Plus de doute, les scélérats, car ils étaient deux, ourdissaient maintenant un nouveau forfait plus terrible que le premier, contre la comtesse de Flamery.

— C'est bien, conclut le commissaire, vous nous les montrerez ce soir. Vous allez rester ici sous la garde d'un agent que je vais envoyer, nous verrons ensuite !...

. . . .

Quelle ne fut pas la stupéfaction du modèle quand elle vit arriver Raoul et que le peintre le présenta. Le comte se fit décrire le portrait de l'amant d'Eulalie. Il tressaillit. Le doute qui germait dans son esprit se changeait en certitude, toutefois il garda provisoirement son impression.

A six heures, les trois hommes partirent avec le modèle en voiture. Raoul et Hercelin n'eurent pas besoin de se faire désigner les consommateurs. Ils les reconnurent de suite, à travers la vitre de la terrasse du café.

— J'en avais le pressentiment, murmura Hercelin, c'est le vicomte Ruffin du Vivier. Ah ! le vilain individu !...

— L'autre, reprit le comte, c'est Honoré Thénard, j'aurais dû m'en douter !...

Il crispa les poings, prêt à bondir dans l'établissement, mais il s'arrêta subitement. Il allait engager la lutte avec Ruffin, le faire prendre, le faire juger, condamner à quelques mois de prison, n'était-ce pas éterniser le scandale, qui retentirait douloureusement au cœur de la baronne de Landerville. Ne fallait-il pas consulter Hélène et prévenir Geneviève ?...

Le commissaire comprit son hésitation et vint à son secours.

— Voulez-vous me laisser carte blanche. Ne brusquons rien, si je peux éviter une action publique, je le ferai !...

— Oh ! merci, merci, s'écria Raoul !...

XI

Le lendemain matin, escorté de deux agents mis à sa disposition par son collègue du quartier de la Michodière, le commissaire se rendit à l'agence matrimoniale.

L'agent d'affaires le prit d'abord de très haut, mais baissa immédiatement le ton lorsque le commissaire lui dit carrément :

— Eulalie, la bouquetière est arrêtée, Ruffin aussi, il a mangé le morceau !...

En réalité le magistrat s'était contenté de cuisiner fortement le modèle et avait appris une foule de détails qui allaient lui servir à faire croire à Honoré Thénard que son complice était arrêté.

L'agent d'affaires se défia pourtant de la supercherie.

— Moi, dit-il, je n'ai rien à vous dire, je ne sais rien !

— Allons donc ! vous avez été le conseiller, l'inspirateur, votre complice a avoué la tentative d'asphyxie par les fleurs et de plus, il déclare ce qui est confirmé par Eulalie que vous méditez un autre coup. Vous avez même loué un logement rue Cardinet, disent-ils, pour attirer la comtesse dans un guet-à-pens. Vous n'avez plus rien à nous apprendre et je vais vous mettre en état d'arrestation.

A ces mots, l'agent d'affaires devint pourpre. La colère le prit, il s'écria :

— Ah ! puisque c'est ainsi ! puisque Ruffin a déposé contre moi, vous saurez aussi qu'il n'est pas plus vicomte que moi et qu'il n'a pour tout titre de noblesse qu'un casier judiciaire, celui d'un voleur. Ah ! Il m'accuse et il a la prétention de se tirer d'affaire en m'accablant, je vous le désigne à mon tour comme l'instigateur de ces crimes qui devaient lui rapporter un héritage de plusieurs millions.

— C'est bien, je vous arrête, dit le magistrat.

Les deux agents s'avancèrent, mais avant qu'ils n'aient eu le temps de se saisir du criminel, celui-ci se précipitait d'un bond vers la fenêtre ouverte et se jetait dans la rue. Il alla s'abîmer le crâne sur le pavé.

— A l'autre, conclut le commissaire, lorsqu'il eut procédé aux constatations nécessaires.

Il se rendit, toujours suivi de ses deux agents, à l'hôtel de la baronne de Landerville. Il laissa les agents à la porte avec mission de ne laisser sortir personne momentanément. Puis il se fit annoncer chez le vicomte Ruffin du Vivier.

L'entrevue des deux hommes fut plutôt orageuse, mais après une grande heure d'entretien, les arguments du commissaire avaient triomphé. Le magistrat sortit un instant dans le couloir et une seconde ne s'était pas écoulée que le bruit d'une détonation se faisait entendre. Ruffin du Vivier s'était brûlé la cervelle.

. . . .

Trois mois après ces événements, Hélène prévenue un jour par Léonie que M. Hercelin se trouvait au salon, ne s'y rendit qu'après avoir pris le temps de mettre la dernière main à sa toilette.

Par une négligence de la camériste, la porte était restée entr'ouverte. Hélène la poussa sans bruit.

Un spectacle qui l'eût réjouie en toute autre circonstance frappa sa vue.

Assis en face l'un de l'autre, Maurice et Geneviève échangeaient sur le mode le plus gracieux des paroles futiles, des riens qui suffisaient pour les absorber. Leurs regards ne se quittaient pas. Leurs visages paraissaient épanouis.

C'était un tableau charmant, qui produisit sur Hélène une expression d'âpre mélancolie. Elle devinait dans ce tête à tête l'entente de deux cœurs invinciblement poussés l'un vers l'autre, les premiers bégaiements si doux d'une tendresse encore inavouée, les délicieuses prémices du bonheur qui attendait ces deux êtres, si bien faits pour se comprendre et s'unir.

Ah ! ils étaient heureux, ceux-là !

Elle ne put réprimer un soupir et une larme.

Geneviève et Maurice bondirent sur leurs sièges.

Le peintre se précipita au-devant de la comtesse, et lui saisissant les mains.

— Vous souffrez, madame, lui demanda-t-il d'une voix pénétrante.

— Oh ! je n'ai rien, monsieur, répondit-elle en reprenant possession d'elle-même.

— Si, si monsieur Hercelin, fit vivement Geneviève, elle a quelque chose. Je le sais bien, moi, que son incurable tristesse désole. Il faut le lui faire avouer, et, pour faciliter cette confidence, je vous laisse ensemble quelques instants.

Resté seul avec Hélène, Maurice fixa sur elle un regard chargé de prière.

— Oui, madame, Geneviève a raison, dit-il avec une douce gravité. Il faut me confier la cause de votre chagrin. Vous savez combien je vous suis dévoué. La femme de Raoul a droit à toutes mes sympathies. Je donnerais tout au monde pour effacer une ride de votre front, une peine de votre cœur. Prenez-moi pour confident, ma chère comtesse. Je connais un peu la blessure de votre âme. C'est la froideur de Raoul n'est-ce pas ?

— Eh quoi ! vous savez !... interrompit la jeune femme avec un cri d'angoisse. Alors, il vous l'a dit, qu'il me détestait. Vous voyez donc bien... Oh ! que je suis malheureuse !...

— Une profonde pitié attendrit l'artiste.

— Vous aimez Raoul ? questionna-t-il.

— Si j'aime mon mari ! Pouvez-vous me le demander ?

— C'est que vous n'avez... pas toujours... tenu le même langage.

— Je ne le connaissais pas alors. J'ignorais sa grandeur d'âme, sa noblesse de caractère, sa parfaite loyauté...

— Bien, bien, je vois que vous savez l'apprécier et que vous l'aimez véritablement.

— Mais s'il vous aimait tout autant, lui ! S'il avait, pour vous, le même amour que vous avez pour lui !...

— Ah ! que dites-vous là !... fit Hélène les yeux extasiés.

Son front se rembrunit aussitôt.

— Non, non, ajouta-t-elle, vous voulez me tromper. Il n'y a dans son cœur que de l'indifférence pour moi, pis encore, peut-être. Par moments, je crois qu'il me hait et je souffre affreusement, que je voudrais être morte.

— Ah ! les deux terribles amoureux que vous faites ! Oui, Hélène, laissez-moi vous appeler ainsi, Raoul vous aime éperdument, comme il vous aimait, il y a six mois, que dis-je ? comme il vous aimait il y a trois ans.

— Trois ans !... A quoi pensez-vous mon ami ? Trois ans !... Pourquoi ?

— Oui, Raoul vous adore, depuis trois années, je le répète, depuis le jour où il s'est héroïquement jeté du haut du pont de la Concorde, dans la Seine, pour sauver une jeune fille en péril de mort.

— En quoi, s'écria Hélène haletante, celui qui m'a sauvée...

— C'était Raoul, votre futur mari. Il vous a sauvée, ce jour-là, pour la première fois. Il vous a tenue dans ses bras. En vous voyant si belle, sous votre pâleur de noyée, il a éprouvé une impression qui ne s'est plus effacée. Après vous avoir revue à l'hôpital Beaujon, où je l'accompagnai...

— Vous aussi. A cette époque.

— Oui, je vous ai aussi connue. Nous vous avons cherchée pendant trois ans, lui surtout, sans relâche et sans trêve. Son cœur était fortement pris, et lorsqu'il vous retrouva, il y a quelques mois, dans des circonstances que je n'ai pas besoin de vous rappeler, il ressentit la plus délicieuse surprise qu'un homme puisse éprouver. Il était entré en curieux, en sceptique dans ce salon, où j'avais été le premier à le pousser. Il en est sorti plein de foi et d'enthousiasme... Sa vie était changée...

La comtesse de Flamery écoutait ces confidences avec un muet ravissement auquel se mêlaient d'amers regrets.

— Oui, dit-elle, je l'ai connu tel que vous me le dépeignez, ou plutôt je l'ai méconnu ; je l'ai cruellement froissé, je l'ai insulté. Aussi, depuis ce moment, l'amour s'est éteint peu à peu, dans son cœur.

— N'en croyez rien, chère madame, n'en croyez rien. Son cœur est resté le même pour vous. Il a gardé la même ardeur avec plus de fierté, voilà tout. Il a été meurtri, certes, par des petites mains que voici.

Maurice pressait doucement, en prononçant ces mots, les doigts tremblants d'Hélène. Il ajouta :

— Mais il dépend uniquement de ces mains, de ces jolies petites mains si finement fuselées, de panser et de guérir en une seconde la blessure qu'elles ont faite il y a déjà longtemps et qui saigne toujours.

— Oh ! vous ne me trompez pas, mon ami ? s'écria Hélène heureuse et suppliante. Ce serait en vérité trop cruel d'abuser de ma crédulité. Raoul m'aime encore ?

— Oui, tout autant, sinon mieux qu'autrefois.

— Dites-moi alors, je vous en prie, ce qu'il faut que je fasse pour lui prouver que je l'aime comme il mérite d'être aimé, que tout mon bonheur serait de recevoir la caresse de ses regards, de ses paroles, de ses baisers.

— Eh bien ! jetez-vous dans ses bras.

Et Maurice, qui tenait les mains de la comtesse, lui avait imprimé vivement demi-tour, pour la mettre en face de son mari, qui se montrait dans l'embrasure de la porte.

En quittant tout à l'heure le salon, pour laisser Hélène et Maurice en tête à tête, la petite Geneviève n'avait pas fermé la porte qui était restée comme avant, poussée contre le chambranle. Une idée lui était venue.

Elle savait où trouver le comte de Flamery. Elle alla le chercher.

Lorsque Hélène l'aperçut, leurs regards se rencontrèrent, humides et ardents tout à la fois.

Raoul tendit les bras.

Hélène bondit, éperdue. Elle voulut se jeter à ses genoux. Il la prit et la souleva contre sa poitrine :

— Non, pas à mes genoux, murmura-t-il, sur mon cœur.

Une expression de joie divine éclata sur le visage d'Hélène.

— Oh ! mon mari, mon cher mari, s'écria-t-elle, est-il donc vrai que vous m'aimiez ?

— Oui, mon Hélène adorée, je t'aime plus que tout au monde et ma vie est à toi.

Et, pour la première fois, sous les yeux attendris de Geneviève et de Maurice, les lèvres du mari et de la femme s'unirent longuement dans la plus douce étreinte.

FIN

60381-18. — Imp. de la Bourse de Commerce (G. Bureau), 35, rue J.-J.-Rousseau, Paris.

LES ROMANS CHOISIS

Luxueuse série de volumes à **60** centimes
comprenant chacun un **ROMAN COMPLET**

VOLUMES DÉJA PARUS

En vente partout :

No 1. GERMAINE, par Lucien Pemjean (*Epuisé*).
No 2. AMOUR D'ARTISTE, par Ferd. Dumaine (*Epuisé*).
No 3. CŒUR DE CRÉOLE, par Julien Mauvrac.
No 4. NINI-VERTU, par Paul Bru.
No 5. JEANNE, la Petite Montmartroise, par Jules Hoche.
No 6. SUZANNE, par la Comtesse Xavier d'Abzac.
No 7. TOURMENT D'AMOUR, par Gaston Rayssac.
No 8. DU CŒUR AUX LÈVRES, par Pau de Garros.
No 9. LA PETITE PRINCESSE, par Jules de Gastyne.
No 10. AME CONQUISE, par René d'Anjou.
No 11. CRUELLE BEAUTÉ, par Gustave Lerouge.
No 12. L'ENFANT DU MALHEUR, par Marc Mario.
No 13. PÉCHÉ DE JEUNESSE, par Paul Bru.
No 14. ENTRE DEUX CŒURS, par Jacques Sorrèze.
No 15. LES GANTS BLANCS DE SAINT-CYR, par A. Heuzé.
No 16. LES NOCES DE GERMAINE, par Lucien Pemjean.
No 17. LA PETITE GUIGNOL, par Miette Mario.
No 18. SUPRÊME TENDRESSE, par Paul-Darcy.
No 19. ON MEURT D'AMOUR, par Ferdinand Dumaine.
No 20. BEAU BLOND, par H.-R. Wœstyn.
No 21. MIRAGE D'AMOUR, par Georges de Boisforêt.
No 22. LE MAL DE VIVRE, par Georges Maldague.
No 23. FLEUR D'IRIS, par Julien Mauvrac.
No 24. VISION TRAGIQUE, par Fredane.
No 25. CORRUPTRICE, par Jules Hoche.
No 26 à 30. LES MYSTÈRES DE PARIS, par E. Sue (5 *volumes*).
No 31. L'INEXORABLE AMOUR, par la Cʰⁱ Xavier d'Abzac.
No 32. LE ROMAN DU MODÈLE, par Henry de Chazal.
No 33. PETITE NANETTE, par Paul Bru.
No 34. SOUS LES MIMOSAS, par Jules Hoche.
No 35. LA BIEN-AIMÉE, par Paul Roué.
No 36. FAIBLES CŒURS, par Henry Frichet.
No 37. FINE, par Georges Beaume.
No 38. DOUCE FIANCÉE, par Edouard Pinon.
No 39. DEMI-FEMME, par Jacques Yvel.
No 40. VAGUES D'AMOUR, par René d'Anjou.
No 41. UN PEU... BEAUCOUP... PASSIONNEMENT... par Cl. Lorrain.
No 42. L'ABANDONNÉE, par Allix Dalmont.
No 43. QUI? par Fernand Lafargue.
No 44. LE MANNEQUIN DE CIRE, par Jules Hoche.
No 45. BEAUTÉ PERFIDE, par René Miguel.
No 46. CŒUR DOMPTÉ, par Edouard Pinon.

www.ingramcontent.com/pod-product-compliance
Ingram Content Group UK Ltd.
Pitfield, Milton Keynes, MK11 3LW, UK
UKHW021449090726
13657UKWH00003B/1294